生死无尽

余德慧 著

Intimate
History
of
Psychological Life

重庆大学出版社

抹消生死的界线

虽然我努力寻找宗教感（生命的皈依处），但是我却不曾从任何宗教的教义获得任何滋养。在我弟弟去世的"做七"里，我随着法师念《地藏王经》，却如同阅读一部佛教断史。我相信生命的真谛不在教义中，也不在宗教的活动当中，而是在最孤独的时刻。

最孤独的感觉是在我晚上睡不着的时候，起身看着我身旁熟睡的亲人。有一天，我们终将看不到彼此，亲爱的人终将不见，看着他们的脸孔，我感到无限的孤独。弟弟去世之后，我在老家的厅堂看着祖父、祖母、父亲、母亲与弟弟的照片，小小的堂屋的墙壁挂满了我亲人的照片。他们的不在，我反而觉得不孤单。

真正孤独的感觉是在最快乐的时候。尤其当着自己最喜欢的人的面，一抹孤独的疑云在闪烁之间隐约浮现。我知道人生福华是生命的滋养，但是朝着凋谢的生命怎能永远巴望着滋养？我们总要准备着凋谢的心情。

为什么我总是在最亲密的人身上感到孤独？原本我们与最亲密的人说要一生一世在一起的，而这样的心愿恰好是一生最无法达成的心愿，就在这心愿的尽头，我们隐约看到一个转折，那里有个心愿所无法逾越的巨大鸿沟，向我们显示这个心愿的虚软无力。

我们不愿意对生命说谎，所以我们必须用一种本真的态度对待自己的活着。最本真的态度是把"活着"当作问题，而不是理所当然。从一开始，任何个人的出现在地球上往往只是因缘际会的机缘，并不是必然有你这样一个人。从机缘的角度来说，我们的出现是在千亿的基因组合里，因缘际会地被组合出现。我们带着祖先的基因，可是并没有一个可以明白指认的祖先，我们的父祖辈也是在祖先的因缘际会中暂时出现的。我们的去世，也只是把自己变成无名的祖先，成为子孙的先行者。因此，任何活着的人都是"返祖"的：返回到整个人类基因库的无名里头。

但是不要把"返祖"当作一个过渡，把此生当作瞬间。这是很粗糙的逻辑。此生对人类来说，依旧是缓慢的时序，我们度过的日夜与岁月，正是生命滋养自身，就好像植物在泥土里活着。意思是说，时间就是活着。我们在时间里头，而不是在时间之外。自傲的错识让我们以为可以和时间竞赛，其实我们与时间俱生俱亡。于是，我们才会认识到一点：我有幸与一些人在同一个时间活着，我们见面、说话或在电视、报纸读到他们的讯息。同时代的意思是："我们彼此曾在此世的相同时间共处，我们有了同一时间的游戏。"这是很重要的感觉，否则我们会把人的生死看作"自家事物"，而把生命感闭锁在自己的世界里自我沉溺或哀怨。

因此，生命是以"我们"作为起点，而不是"我"。我们相互取乐或结怨，我们互相滋养，我们建立起一个看得见的世界。我们在世界里，被事情豢养。这是世界的正面性。但是任何世界都不能保证这活着永远存在，我们其实随时死亡。因此，我们必须懂得在活着里的死亡。要有这样的认识很困难，因为我们习惯把活着当作生命的一切，而未曾把死亡当作活着的一部分。太热切于活着，最后总是被证明是一件蠢事。

因而我对活着提出"濒临"的想法。"濒临"的意思是把生死的界线抹消，在任何活着的瞬间都能够准确地捕捉到生死的同时存在。若喜，则生死同喜；若悲，则生死同悲。这样的训练就是我心中的宗教训练，也是生死学的入门。

对瞬间的濒临察觉，并不是来自冥想或宗教崇拜，而是来自心境。瞬间的心境是黄昏落日，夜里的星空与睡梦；瞬起瞬灭里，活着意味着生命瞬间出现与灭亡。生命表面上寂寂不动如恒，暗底里如潮汐，就好像坐飞机的表面安然，而下飞机的暗底的侥幸感。生命宗教最关键的修炼，正是在于这个瞬间。

这本书是对生死学的探讨，指出活着的诸种相貌里的核心应在"濒临"。对生死学不了解的读者或许可以得到一些想法。但这还只是粗浅的文章，还盼高明指点。本书的完成要谢谢石佳仪小姐，同时感谢张译心小姐的校读。

余德慧
谨序于花莲东华大学
2006 年 5 月

目

录

一切俱足大自在

我们的生活里，有多少看了一半的书，
有多少买了又不穿的衣服；
心中仿佛追求着什么，却又空空荡荡。

我端坐在这里，倾听身旁的一切，一切俱足。

有一天清晨起来，雨点打着叶子的声音充满整个屋子。我拥被而起，不必专心听什么，所有的雨声环绕着耳际，屋子清清凉凉，布满了雨声的宁静。嘈嘈切切之中有极端的宁静，就像夏丏尊在《白马湖的冬天》说的：

> 白马湖的风差不多日日有，呼呼作响，好像虎吼。风从门窗的缝隙中来，分外尖峭，把门缝窗隙厚厚用纸糊了，隙缝中却仍有风透入。风刮得厉害的时候，天未夜就把门关上，全家吃毕夜饭即睡入被窝里，静听寒风的怒号、湖水的澎湃。我常把头上的罗宋帽拉得低低的，在油灯下工作

到深夜，松涛如吼，霜月当窗。我在这个时候，
深感到萧瑟的诗趣，常独自拨着炉火，不肯就睡，
把自己拟诸山水画中的人物，做种种幽邈的遐想。

人的祖先在清新的空气里呼吸，在树荫下乘凉；
后来，人造的声音将人带离自然

为什么风霜的声音给人这样满心的"异样"？为什么
人总在最原始的自然风貌面前舒服得发抖？我想，自然给
了一切的俱足。人的祖先在清新的空气里头呼吸，在树荫
底下乘凉。后来，人专心发展文明，人造的东西多了，音乐、
人声、物声代替了"自然"的声音，"自然"退出人活着
的"第一处境"。在偶然的时候，听到自然的声音，好似
听到人类远古处境的召唤。人在夜里听风声、雨声，刚好
就是人声的沸腾静下来之后，这时人才有着"神形俱足"
的容颜。神祇在大地现身，人在看不见之处有了依归。

雨突然如秋扫落叶地下起来，我慌忙逃到人
家大门的遮棚底下，我听到雨滴落在屋顶上淅淅
沥沥的声音；慌乱之后的平静，耳朵却更加灵敏，
雨滴仿佛直坠心底。

"坠落在心底的雨声"是在"痴痴"的瞬间被唤起的，
并不是所有时候，我们对下雨感到不耐烦。我们在某种"痴

痴"的心情里，看着河水潺潺地流动、海浪的波涛起伏。

"我们身体那未曾开发的原始心情，正应和着一股不可抗拒的力量的召唤而蠢蠢欲动。"日本小说家宫本百合子说。在她的《雨与小孩》的随笔，把孩子心里的"祖先情况"说得很真切：

> 小孩子永远喜爱特别的东西。小时候，每当连续的放晴之后，有一天醒来，突然发现正在下雨，就又惊又喜……心情砰砰跳。小时候，不知为什么，天一下雨，屋子里就黑蒙蒙的。我们喜欢用坐垫打仗，房子里到处暗暗的，摆设也阴森森的，和平常完全不一样。这种不同的变化，对孩子特别有魅力，有一点毛森森的感觉，而稀奇的东西总是带一点恐怖——每个孩子好像都知道。为了更强烈感受这刺激，我把小桌子和小屏风搬过来围在暗暗的墙角，只留下一个出口当成洞口。我假装带一个孩子躲在洞口——有什么东西来了，嘘！不要出声，这山上有老虎，老虎会听见的哦！

在天与地之间，挑一块石头坐下来，
老鹰在天空飞着，白云无语地伫留，
地面上的小草在阳光底下，叶子的绿在风中闪闪发光

> 在我们做游戏的屋子的一边，有一坪半大小

的木板地，边上嵌着三尺矮窗透光，靠墙的一边放着长火炉，刚够三个小孩并挤在窗前。当柿子花落的时节，常常有雨，那绵绵不断的雨，把孩子的心都润透了。孩子把额头抵在窗格子上，出神地看着浮在水面上的柿子花。雨下个不停，而小壶似的柿子花也掉个不停，纷纷飘落在水面上，孩子们也就这样一直看着。风哗啦啦的吹着雨，雨打散了树叶，柿子花落在浅池一般的地面上，一朵、两朵，然后就落个不停。一朵花嘶的一声落下来，激起了一圈水纹，那边也嘶的一声，激起另一圈水纹。两圈水纹相触后，合成更大的波纹向外散去……一直沁入专心凝视的孩子的心。孩子的心和水纹一起向前扩展，直到未知的远方。孩子就这样，在秋雨中睡着了。

听着雨声，心在深刻之处，有人"痴"了，有人安然地睡了，有人却无聊。人会无聊是因为没有灵魂，神守不住自己的房舍；不会悲天悯人，就看不到灵魂深处的东西。在天与地之间，挑一块石头坐下来，老鹰在远处的天空飞着，白云无语地伫留一处，地面上的小草在阳光底下，叶子的绿在风中闪闪发光。祖先曾在这样的世界里度过多少岁月，难道这些经验从不在子孙后代留下丝毫痕迹？我们在雨声里曾经瞬间感受到的，难道不就是这丝丝的祖先经验吗？

自然给人的幸福，是某种无名的战栗；
身体承应了自然，却说不出话语

　　人为自己造了"人间处境"，代替了自然，而有了另一种幸福感。自然给人的幸福，是某种无名的战栗。身体直接承应了自然，可是却说不出话语。换句话说，当人与自然在一起的时候，人是默默地承受，没有其他事物可以代替人来接应自然给的恩典或浩劫。人是自然的子民，自然对人好的时候，人在里头笑着；自然对人不好的时候，人在里头哭泣。是好是坏，人总是另外寻找到他的出路，建立了属于人的世间。把世间与自然对立起来，自然变成人要"克服"的敌人，人说要"战胜自然"。

　　人用他的语言建立了"人间"，就像《创世纪》说的，"太初有道"（In the beginning was the word）其中所谓的"道"就是话语（word）。人因为语言，看到了"人间"的出现，语言为人间带来了事物的观念，也使事情用人能明白的"意义"显现。事情有了"可以运行的道路"，不再紧紧依赖自然。人忘记了祖先曾经与自然之间贴心的神情荡漾，而以人间的事物当作家乡。

　　人间的事物以不断扩张的方式蔓延，紧紧地包裹着人的一切"活着"。人于是在语言之中安然的生活，曾经有过的"无声"生活，日行淡远。人的"神"与"形"开始分立，我们的人间情事是"形"貌，而与自然共舞的"神"离开了人间。

年纪轻的时候苦于找不到目标，年老的时候要解除目标。
这就是"看破"

　　"吃饭就是吃饭，睡觉就是睡觉"，神形俱足的禅师们最常这么说，却引起俗人不解。稍微了解这样心境的人，却起了大恐慌，他们问道："人是如何能吃饭就是吃饭呢？"我们吃饭时都还在"做事"——有时是忙着跟餐桌上的人说话，有时是眼睛盯着电视看，哪能"吃饭就是吃饭"呢？当我们单独一个人在桌上用餐，往往就会"魂不守舍"的。

　　弘一法师的旧毛巾，口里滑进的豆腐，一直在我的心里伫足不去。为什么"一切俱足"的声音一直是我们最神秘的向往？生活里的事情有太多的游移，看着许多笔记本写了一半丢在那里，一堆很少穿的衣服，都一再说出这个人心头很不安定，好像追求着什么，可是心却空空荡荡的。如果和尚云游四方的脚步是匆匆忙忙的，大概是野和尚吧！为什么行脚僧的脚步那么安详，难道是没有目的的行走才能让人安详吗？

　　为什么人只有在年老的时候才安详，老人家的安详难道是因"暮年"的"没有目的"才出现的吗？"一切俱足"难道是人为了结束他的一生而不觉中设想出来的法子？还是有其他的深意？年纪轻的时候苦于找不到目标，年老的时候要解除目标。这就是"看破"。可是人是看破了什么，才有大自在？还是人住进了什么心境而得到大自在？大自在的欢乐已经不再是熟悉的欢乐，那会是怎样的欢乐？为

什么这世界要用急躁的声音来活？为什么繁华热闹的日子
才会快意，而懒洋洋的午后却显得无聊？

这所有的一切跟"一切俱足"有什么关系？我总会想
起阿婆卖豆腐的生活。从前台湾的街头常有卖豆腐的阿婆，
沿街叫卖，现在到传统市场也有卖菜的阿婆，只卖偶然摘
到的野菜。豆腐与野菜不值钱，几块钱的利润却要坐上半
天，等客人的时光，不能与金钱打平。

许多人会问，这种日子只有老太婆会过，她们的时光
又贫又不值钱。我倒是常坐在她们的身旁，闲闲地聊天。
就像有一年的夏天，我在欧洲最快乐的时光是放弃随团购
物，坐在路旁看人。我的时光最宝贝的时刻是"不值钱"
地过，"值钱"的做事时光给我许多迷惑："我在做什么？"
闲闲的时光给了我某种明白。

我们不能与灵魂失去联系，
若此才知什么应该放手，什么必须把握

明明世人被事情所惑，认贼作父，却不能直说，一说
便会被人斥为消极。明明白白的人是眼前的明白，我们却
偏向不明白之处探询，以致人的明白充满愚昧。人沉溺在
日常生活的事情里，求事情给出明白，反而被事情所误。
我们以为往前看，到头来证明只是误打误撞。

即使在人间，我们也不能与灵魂失去联系。什么东西
可以放手，什么东西必须把握，其中的权衡，往往可以看

到人的灵魂是不是在心里。失魂的人没有主见，在权衡之间往往基于细琐的浅见。在灵魂之处看到的东西常常是不易改变的，所以，有灵魂的人总是有着深邃安详的眼睛，不会闪烁。

　　人的灵魂其实是在生活的须臾之间把握住的。人有时候会恍惚，那是因为灵魂在某个瞬间离去。我经常的恍惚，往往是看到父亲留下的经书，在阅读之间，我就离魂似地想起父亲在世的种种影像。我突然被催眠似的成为观看父亲的小孩。看到母亲留在抽屉未用完的药丸，也想起母亲在世的时候，替她准备服药的情景。那时是什么心情，至今也难以说明，所以只能以恍惚的心情体验那时的一切。也许，终此一生也不会用语言明白当时的一切。

　　小孩子的魂其实蛮清新的，即使当时脱光衣服在房间跑来跑去，都觉得十分自在。青少年时期的魂就慢慢有"不守舍"的现象。我在青少年时候，非常苦恼于"魂不守舍"，有时是为女孩子，有时是为了考试作弊。后来觉得太痛苦了，就折磨自己读书，在眼睛张开的时候，手上一定有一本书。

　　但是，来台北念书，整个人被五浊世界骚扰得身心俱疲，魂飞九天。记得一个夏天的晚上，我在满是人群的街上走着，突然感到一阵恍惚，好像跟着人走上黄泉路上，每个人只顾自个儿走路，谁也不跟谁说话。我额头冒汗，觉得很不舒服。这个时刻，刚好是我身子骨最差的时候，像看见人间地狱一般。当晚睡得很沉，几次梦中醒来，又沉沉睡去。可是，又觉得睡不沉，想来是人的魂气全污浊了。

当时正在"迷信"科学，对看不见的"精神"视而不见，研究的是"没有心的心理学"，生命里正面临复杂的事物，好似一淌浑水。其实，真正的"浑"是生命阶段里的"茫然无知"，好像懂得一些东西，又好像不懂，生命里任由事物来来去去，走在街上，却又不知往哪儿走好，如浮萍般的生活。

把握生命是透过诚实的体验及点点滴滴的发现

在这个阶段之前，我跟每个考大学的高中生一样，每天只是浸泡在文字与符号之中，在字里行间梦想着幸福。可是，这种没有血肉的智性游戏，拯救不了生命的烦忧。它虽然帮我找到了大学，却使我有了更难以自解的障碍。许多大学生都可能在这个时候栖栖遑遑，甚至有人延续到一辈子。

那时候，我很羡慕能在书桌前静静坐着的身影。心想，一个人要如何才能静静地坐一个早上而没有骚动。我相信，能安静下来的人，生命一定有某种磐石般的力量。而磐石在哪儿？我的生命里一定有某种"缺乏"，可是在哪里？至今，我才知道那种"缺乏"就是构成生命阴影的某种广袤的生命背景，不是人可以直接触摸得到的，而是透过诚实的体验，点点滴滴的发现。

成就某事很少让人体验到"缺乏"，反而给出了光亮。

舞台浮光掠影，但苦难经验却使人沉入阴影，反而有着磐石的感觉。每次把眼泪擦干之后，总有一份清爽，人也不再那样浮动；在迷离婆娑的泪眼之间，心头往往空泛起来，"痴痴"地看着眼前的事物，把魂召唤回来。后来才了解，以前的哭泣都把自己拉回来一点点，把事情看破一点点。到更后来，有事无事穿梭在一起，觉得事情没那么可怕严重，人反而有点"赖皮"，常劝人要学"独孤求败"，以失败为师。

人的意识犹若风中烛火，在黑暗里显得渺小脆弱，
却需要辛辛苦苦维护这唯一的亮光

有一天，读《荣格自传——回忆、梦、省思》，发现荣格曾做过一个梦，对他一生影响甚大，有这经验他才知道，人"早就在阴影里"。他的梦是这样的：

> 这是个蒙蒙渺渺的夜里，我迎着强风艰苦缓慢地往前走，浓雾四处飞扬；我的双掌护着一盏小灯，随时它都会熄灭。可是，整个世界都仰赖着它，它灭了，世界就不见了。
>
> 忽然，我发觉有个庞大的东西跟在背后，转头一看，有个巨大的黑影就在我身后。尽管心中害怕，却有个清楚的念头：我必须把灯火保住，不管风有多大，我有多危险。

当我醒过来的时候，我才想到，那黑影是我自己的身影，由我护着的灯火映照出来的，那个小灯正是我的意识。我唯一的明白：人的意识犹若风中烛火，在庞大的黑暗里显得渺小脆弱，我们却需辛辛苦苦地维护着它。它是我们唯一的光。

　　人认识自己最大的障碍是只看到"我"是什么，却看不到"我"不是什么。我们知道自己吃什么，不吃什么；我们的身体可以与谁碰触，不与谁碰触；我们的活着是在死亡的阴影底下，我们的健康是生病的一部分。
　　当生命有了光影幢幢，人才会回到"一切俱足"。

从生死无尽之处走来

人活着，却步向生命的尽头；
迟早会死，是人无法规避的处境。
亲人临终，似死似生时，如何度过？
自己濒死，非生非死时，如何面对？

两年来一直读着《西藏生死书》。每一次重读，都有未曾读过的感觉。有一种很奇妙的东西，好像无尽藏的底洞。好几次，我总是忍不住对学生说，为什么有些电影看一遍就腻了，有些电影却令人一看再看。这个简单的现象，在我心中徘徊不去。我心想，人类在他活着的时候，一定有些相当根本的处境，叫人无法规避，每次只要碰触到这个处境，某种深刻的东西就会跑出来，例如苦难、折磨、疾病或生死。当然，人类没有理由要享受苦难折磨，也没有必要把死亡挂在心头，可是《西藏生死书》却反复地说，要把死亡放在生命的前头，因为"死亡"是活着的根本处境，不是在死亡降临的时候才处理的事。

人必须在孤寂的裂隙里头修行，
看看死的究竟

　　我承认这是件困难的事。活着的时候学习死亡是一件难以想象的事。雄辩式地说"不怕死"并无济于对死亡的学习，因为学习死亡要彻底地颠覆太多东西，包括眼前我们赖为生计的一切。然而，濒死却是契机，就好像我们一切平顺的生活突然平地一声雷，把眼前生活的一切打碎了——原本要做的事不能做了，要开的会不去开了，人躺在床上奄奄一息，掉落到一个孤寂的世界。

　　人必须在孤寂的裂隙里头修行，看看死的究竟。《西藏生死书》的深沉恰好就是在这个孤寂的裂隙里头。整本书里，作者索甲仁波切反复地说，人必须在突然裂开的裂隙里头修行。很多人不了解这个意思，即使是虔诚的教徒也不见得明白。

　　我所有的了解是来自法国哲学家勒维纳斯（Emmanuel Levinas）的引导。从他的教导里，我领会到人的活着有两个领悟：求生的文化与求死的解脱。文化是为人的活着而设立的各种设施，包括语言、科技，甚至神庙、宗教。这些所谓"文化"的事物就是要我们能够持续地活下去；而人必然会死的领域是与"文化"相悖离的。死是人类绝对的事实，每个人都准备学习死亡，懂得死亡。

　　但是"求生"的文化却营造一片"活下去"的虚假气氛，它告诉我们要活得有尊严，也要死得有尊严——在一片尊严声中，死亡被埋藏到看不见的地方。有关死亡的书会告诉人们："继续工作，直到死亡那一刻来临才放手。"这样的见解，其实是遮蔽了死亡的真相，企图以一种"充满生命意义"的方式，来躲避对死亡的学习。

而我们却须在一片"求生"的文化中劈开一道裂隙，让我们看看死的究竟。勒维纳斯与《西藏生死书》都提到这点，但从不同的方向来谈。勒维纳斯说，人不断用文明远离裂隙；索甲仁波切说，裂隙是解脱的法门。勒维纳斯认为，劈开文化的遮蔽，我们必须认识一个很根本的处境：无可名之的一种活着的状态，那是一种叫不出"何人活着"的状态。他引述了布朗萧（Maurice Blonchot）的小说《托马斯的黑暗》来说明这个状态：

> （在地窖里）托马斯最初感到他还能使用自己的身体，特别是眼睛，并不是因为他看见什么东西，而是他所看的东西鄙薄他的注视，不允许他移动视线。久而久之，这就足以使他与那黑暗的一团发生关系，他模糊地感觉到这实体，并在其中漫游……（引用杜小真《勒维纳斯》，远流出版）

一个"无底洞"般地什么也看不见，但"看不见"本身，就是勒维纳斯所谓的"根本处境"：一种"乌有"，意识消退，心生悸怖。

《西藏生死书》也提到了这种存在的"自然本性"（或叫心性），索甲仁波切说：

> 如果我们持续练习"把心放下"，我们将发现在我们自身当中，有无法称呼，无法描述或想象的"某种东西"，隐藏在世界一切变化和死亡之后。（第三章，"不变者"一节）

有一次，索甲仁波切与上师在洞穴里，他的上师拿起铃和手鼓，唱诵诸佛，然后突然瞪着他，抛过来一个没有答案的问题："心是什么？"索甲仁波切说：

> 我整个人都给慑住了，我的心碎了，没有语言，没有名称，没有思想——事实上，连心都没有。在那个惊人的瞬间……过去的思想已经死了，未来的思想还没有生起，我的意识之流被截断了。在那一个突然惊吓之中，打开一片空白，空白之中，只有在当下觉醒到眼前的存在，那是一种毫无执着的觉醒，一种单纯、赤裸裸的基本觉醒，即使是那么赤裸裸了无一物，却散发出无限慈悲的温暖。

勒维纳斯的无名黑暗，与索甲仁波切的赤裸当下，都是指向掉落在裂隙的当下。勒维纳斯说，那裂隙里的存有是个可怕的地方，人不愿居留，不断地用文明的事物让我们远离该处；索甲仁波切说，那是解脱的法门，修行的处所。两种说法并没有相违背。勒维纳斯是哲学家，他只是在阐明为什么人总是要逃避死亡，也正如社会学家包曼（Zygmunt Bauman）说的。

"父亲之前的儿子"与"母亲是女儿的女儿"，揭露生命传承真相

生命轮回是理性的现实感里咽不下的东西。前世今生是很怪异的想法。《西藏生死书》并没有花很多篇幅介绍轮回，只是淡淡地说了一句重话。"你感觉到有来生吗？"上师问。整个问题，不是在确认"有没有来生"，而是在探寻我们活着的视野里容得下"来生"的感觉吗？

我从许多阅读里，都发现哲人对这个问题的深思。人类学家利瓦伊史陀（ClaudeLevi-Strauss）的短文《一个小小的神话——文学之谜》，用植物学家、诗人、历史学家的一些观点，说明了"父亲之前的儿子"（Son-before-father）及"母亲是女儿的女儿"（Mothers are daughters of their daughters）的概念。

这些乍看起来非常奇怪的用语，显然扰乱了习以为常的人伦秩序：父亲怎么会是儿子的儿子？母亲怎么会是女儿的女儿？甚至一本谈圣母玛丽亚的书写道："造物主创造了造物主，女仆生下了主人，女儿生下了父亲。从神性的本质，她是女儿；从人性的本质，她是母亲。"也就是

说圣母玛丽亚既是上帝的女儿，也是上帝的母亲。

这样先序的人伦对亘古人类的生命传承，反而比较接近真相。在植物界有许多植物不是靠交配，而是由母体分离的球茎繁殖，由于分离的子体是母体的一部分，长成的子体很难与母体辨识出来，子体与母体的分离距离恰好就是球茎的大小，但是如果时间比较久，整区植物会以母子不能分辨的方式扩展开来，像白杨树、秋水仙就是这样蔓延，有些白杨树可以蔓延五万株，时间长达八千年；在这么一大片的白杨树林，区别子代、母代显然没有多大的意义。

现世的活着，是基因不断组合中，
一刹那之间形成的一个暂时现身的东西

法国 18 世纪的文豪威尼（Alfred de Vigny）说："当我写着祖先的历史，祖先就成了我的子代，从我这里传下来。"利瓦伊史陀也引用小说评论家普依龙（Jean Pouillon）的话说："传统是以生物遗传的方式传下来，但传统却是以子代的方式现身；换句话说，传统不是由上而下传下来，恰好是相反，它是反过来的：儿子生出父亲。这就是为什么传统总是有许多父亲。"

法国诗人阿普里奈（Apollinaire）的名诗《秋水仙》里提到，女儿的女儿是母亲，谈的正是用秋水仙的特性：母体与子体无法区别性质，来说明广阔的人间视野。母亲与女儿不能区分，父亲是儿子的儿子，都只有在一种情况发生：我们从现世的狭隘世界跳入生物的总基因库；现世的活着是在基因不断组合中一刹那间形成的，一个暂时现身的东西；纵观生命基因的重组与分离，我们在生死不已的轮回里。区分你我不但没有意义，还是对生命最大的误解。因此，活着是暂时的，所谓的来生不是"我"的来生，而是总基因库的来来去去，就像印第安的诗歌说的："不要在我的坟前哭泣，我不在那里；我是你清晨醒来，看见窗外叽叽喳喳的鸟雀，在黄昏里摇曳的金黄麦穗，在午夜的虫鸣萤火里……"

《西藏生死书》说："万物之间的交互关系非常深远……我们就像量子力学所说的'因子'，每一个'个体'的存在，其实就是其他不同粒子（个体）的组合。"

如此的观想，含有无限的慈悲。当我今世的现身，不管如何亮丽或悲苦，都是从我与他人相互依存的关系里映照出来的。我的存在并不是独立的个体，而是被关系所照射到的反光体；我知道的我，不如说是妈妈反映的我，朋友反映的我；我的眼睛永远看着他人，他人的映像就成了此刻的我。我的世界其实是"重重无尽互相辉映的蛛网"，就像观察一棵树：

　　　　如果仔细观察，你就会发现，树毕竟没有独立的存在——你会发现，树可以化解成无数细微的关系网，延伸到整个宇宙——落在树叶上的雨，把树吹向一边的风，滋养树的土壤、四季和气候，乃至日月，都构成树的一部分。"（《西藏生死书》第三章"反省与改变"）

如此一来，区分你我不但没有意义，而且还是对生命最大的误解。对于此刻世间万物，正是聚拢此身的一切，我们的活着就充满了感恩。感恩于我们彼此说明，彼此界定，彼此共业，彼此造就。

人的一生是从"求活"转向"求死"，才能保持真正的生机盎然

但是，越是文明的人，越是不这么想。文明一直要把这种人与万物的关系切割，把人与人的关系分化，摆弄一套区隔的秩序，有高有低，有上有下。如果人间秩序是活着的道德，那么真正的修行就是要抛弃狭隘的道德，才能成就更广阔的精神修炼。法国心理学家克莉史蒂娃说，我们要知道真正的伦常，就是要有一股违反现世伦常的勇气。

有一位罹患癌症的美国妇女求助敦珠仁波切，她说："我快要死了，你能救我吗？"敦珠仁波切听了哈哈大笑，说："你看，我们大家都正在死，死是迟早的问题，你只是比我们早一点走而已。"锵然之声，顿时盈耳。真正的治疗是从接受死亡开始。这个貌似简单的事情，对文明人却是极端的困难。因此，《西藏生死书》引了一首诗"人

生五章"：

第一章
我走上街，
人行道上有一个深洞，
我掉了进去。
我迷失了……绝望了。
费了好大的劲儿才爬出来。

第二章
我走上同一条街，
人行道上有一个深洞，
我假装没有看到，
但还是掉了进去。
我不能相信我居然会掉在同样的地方。
但这不是我的错。
还是花了很长的时间才爬出来。

第三章
我走在同一条街，
人行道上有一个深洞，
我看到它在那儿，
但还是掉了进去……
这是一种习气。
我的眼睛张开着，

我知道我在那儿。

这是我的错。

我立刻爬了出来。

第四章

我走上同条街，

人行道上有一个深洞，

我绕道而过。

第五章

我走上另一条街。

　　对于年轻人来说，人生在前两章的坎陷而不觉是必然
的；但对于中年人来说，知道自己处在"第三章"的觉悟
是相当必要的。中年人的危机，从人生的大格局来说，应
该是从文明的迷障觉醒过来，而能有"第四章"的转机，"第
五章"的老人智慧。因此，从这样的意义来说，人的一生
是从"求活"转向"求死"，才能保持真正的生机盎然。

加缪的生死年华

年华不断涌来，时光不断退去；
每一秒间，流转着生，流转着死。
流转在战火中的加缪，
穿越绝望，更激起深邃的生存乐趣。

在乱世里，通常会有很深刻的话语。以近代的历史来说，第二次世界大战的浩劫为人类打开了一种裂隙，让人类在痛苦之中，深刻地感受到生命原本沉默的声音。

阅读法国小说家加缪（Abert Camus）的文章特别有这样的感受。加缪曾经参战打游击，目睹他的战友被德军处死。20世纪60年代的成年人虽然熟悉他获得诺贝尔奖的《异乡人》《瘟疫》等书，但是对他的生命观却有着异样的陌生感。70年代出生的人已经不再熟悉二次大战的哭声，文明的重建把人类的惨剧封闭起来，使我们遗忘我们曾经有的悲剧，而使我们对未来的悲惨有着童骏式的逃避。

严格来说，加缪的生命哲学不是悲剧。悲剧预示着英雄的存在，他受难，他倾倒，但他依旧是英雄。相反地，加缪并不认为人类有英雄，我们都是在日常生活受苦的人。这样说，对现代人特别刺耳。人们需要英雄，暗底里把自己当英雄，所以讲求自尊心。对经历过人类惨剧的哲学家来说，日常生活里只有生与死的流转。任何时刻，我们都是在生死之间。

跪在自己的墓头前，
她的身影接连在过去及将来之间

    加缪在《之间与之中》（*Between and Betwixt*）说了这样一个故事。一个老妇人从她死去的姐姐那里获得一笔很小的遗产，大约是 5 000 法郎。对年暮的妇女来说，使用这笔遗产还有点麻烦，因为这笔遗产不能直接花用，必须使用在投资上；但是，如果遗产够大，她可以很容易投资出去，偏偏这笔钱上不了台盘。老妇人心中有所盘算，她自知不久人世，必须找个好地方收藏她的老骨头。终于，有个机会来了。有块墓地要出售，这块墓地的原主人早就摆了一块漂亮的大理石碑在上头；卖的人愿意以 4 000 法郎让售，老妇人就买下来了。对老妇人来说，这是安稳的投资，没有股票的风险或受到政治的影响。她把墓地也做了一些整修，以便奉迎她的身骨。当一切就绪妥当之后，她把自己的名字刻在墓碑上，金亮的名字。

    整个事情的安排令她心满意足，使她迷上了她的墓。最初，她为了墓地的工程，定时去墓地，后来她习惯在每周日的下午到墓地看一遍——这是她唯一出门的时间，也是她唯一的娱乐。每到周日下午两点，她就走上这么一段长长的路到市郊的墓园。她走进墓里，把身后的铁栅关上，跪在墓头前：她此刻的身影正好接连在她的过去及她的将来之间，重现了一条断裂链索的接合之处。

然而，有个东西让她看到死后的世界：一束漂亮的紫萝兰供奉在她的墓头——有些人在扫墓时，路过看见她的墓头冷清一片，心中不忍，就把手上的花分了一些在她的墓头，供养了她尚未安土的灵魂。

活在生死之间，
"生命之歌"的旋律兀自在心中弹奏着

看到自己的死去景象的现场，一种活着的实景，加缪继续写道：

> 此刻，我再度想着这些事情。我眼前是花园的墙壁，就在我窗前的那一边；花藤枝叶在光线下流泄，静静地伫立，太阳在静静高空。我看到满园的欢愉在我的窗外：枝影摇曳在我的窗帘上，五道阳光耐心地照射在窗上的玻璃，微风与帘上的影子在玩耍；当一片云越过太阳，这花瓶里的含羞草亮黄地在阴影中舞动着……够了，光影现身，而我充满着迷离的喜悦。

老妇人走进自己的墓园，迷离地看到自己被祭拜的墓头，人就夹在生的过去与死的未来之间；阳光下的枝影、微风在生命的眼前，仿佛有着巨大的询问：我是谁？在枝影摇曳的风中，我置身其中。

当我们问自己这样的问题，并不是要去回答它，而是从而产生一种叫做"生命之歌"的旋律。在生死之间的我，何必用无谓的语言刻画一个"我是谁"的图像？何必去捕捉阳光照射过来、在帘幕上晃动的影子？

但是，活在生死之间的我们，心中往往有种旋律在弹奏着，它鼓动我们，使我们不会像无聊的电视客，把一百个电视频道翻跳了一遍，却依旧找不到停驻的电视台。我们总是用某种兴味注视着某些事物：子女、事情、工作或者休闲。每个人总是在某些频道里生活着，一个他愿意驻留的地方，一件他心甘情愿做的事，以及他愿意与之相与的人群。

生命的风味缭绕，
徐徐踱出活着的感觉

有一个夜晚，加缪在一家拥挤的小酒店里，喧闹的酒声、酒语与音乐，红绿的灯光，以及跳舞的女郎，在加缪的注视之下，他想着的是几百里外的一家修道院。他依稀看到修道院古老的井，阳光照着古井的绳索，以及飞起来的鸽子。在小酒店里，加缪却想着孤寂的修道院，空无一人。

当这般旋律浮到加缪的心中，我们或许会狐疑地想着：
"这是什么意思？"并不是加缪生性孤寒，在繁华的烟云
里想念着寂寥，也不是被语言硬生生逼出的意义，而是那
个生命的旋律：一个跳舞的女人，桌上的酒瓶，在帷幕上
晃动的影子，从窗帘看出去的一瞥，"我的整个生命都映
照在那上面，好像在这么一刻，我的生命暂时做了一个总
结"；同样地，"我在修道院里，金黄的夕阳，扑翅的鸽子，
古井的孤寂，一声不响地迎面而来；那一刻犹若水晶，我
真怕我一举手举足，就会把水晶弄破……一个妇人正在井
边汲水，每一小时，每一分钟，每一秒钟，每一件事都会
逝去，然而奥妙却依旧在。"此时，加缪在这生命旋律里，
有了生命的热爱。

这正是我要说的要旨。人在生死之间有种个人的旋律，
在有生之年，我们要演奏它，虽然总有一天会曲终人散，
余韵犹存。这个观点并不宣扬个人旋律的成败，而是"风
味"——我们从犹豫的心思抬起头来，夜里的霓虹灯也罢，
人声沸腾也好，都有一阵阵风味的点滴——从我们的心底，
把一股活着的感觉在眼帘底下蹀过。

"阳光进入我所不能表达的地方，"加缪说，"如果
我硬是要把每件事情都清晰了然，反而是在自己的生命之
前堵了砖墙。"加缪的意思是说，生命有种浑然的"大"
（greatness），充满了我与世界之间。我与世界有种秘密

的接系，"甚至，当我睡一个小时的觉，我好似往生命里偷到了一个小时"。

对生命有了深刻体验，
清风明月之处，恰好是生命闹趣的地方

因为生命的风味是如此的被加缪把握住，使得他对生命的际遇有深刻的恩典，例如他的贫穷：

> 贫穷从来不是我的不幸：它散发着太阳的光芒……阳光般的温暖使我对儿时的贫困毫无怨气……我的家一贫如洗，但家人却未曾羡慕过什么；我的家人连字都斗大不识，却教给我极有价值的东西，甚至我从一无所有之中，获得极多的东西。

加缪说："我不懂得拥有，我从来没有感觉过我有什么，我未曾开口，眼前就是这般光景。"加缪放弃了什么，就得到什么："我感到真正的奢华总带有荒芜的意味。"他喜欢在那不拥有的旅馆房间写作，在咖啡馆思索，在海边散步。很少人在完全满溢的地方（纵欲）获得完全的丰盈。对加缪或对生命有深刻体验的人来说，清风明月的"缺乏热闹"之处，恰好是生命闹趣的地方。

加缪把这种生命光景推得更广。他说："对生命没有绝望，怎么可能会有生命的热爱？"在他度过的战火岁月，

所有的事物都令人绝望，而"绝望之中，我却有无尽的生趣"。人在每个时刻都在绝望与生趣之间浮沉："即使是现在，我依然感受到生趣的生与殁"；"我不得不这样说，在我们的一生，我们只真正活几小时罢了。"

加缪把握着那"似水的年华"，不是把生命当作（as if）什么，而是生命就是"当下的年华"，它不断逝去，也不断地迎上来。在未来之间，他像个美食家，享受年华的风味：悲伤、快乐、圆满、缺憾，以及瞬间与永恒。他从来不想把握什么，却品尝了一切。

生死相通，有漏人生

人生一定得遭遇到死亡，
所以生命一定如漏沙的时光。
在时光的有漏过程，一点一滴地逝去，
我们该当如何？

晋宋之际的僧人竺道生，首将"涅槃佛性"引介到中土，以别于"般若佛性"。他说："返迷归极，归极得本。"这个"归极"就是"触及实相"，而所谓"实相"即是"至像无形，至音无声，希微绝联思之境"。所谓"至像"不见其形，"至音"不闻声音，虽为玄秘，但并非宗教者的文字游戏，而是人在某种状态所达，佛家谓之为"涅槃"，也就是"寂灭"：希微绝联思之境。

所谓"希微"即是分毫，并不是指度量衡的单位，实是时间的分毫，一般所谓"当下"。但是，一般所了解的当下只是人在眼前的反应，并不是"寂灭"之谓，而只是瞬间反应，世间情依旧十分杂沓。"寂灭"是人把时间的"实相显现"：生命在瞬间显现，得大悲大泣。"归极"就是返归生命的终极。但是人活着的时候，绝难见到所谓"生命终极"，所以"归极"并不是指临终的时刻，而是在活着的当下，感受到生死相通的氛围，这就是我们所明白的"进入生死门"。

进入生死门

人一出生即朝向外在的世界作为活着的依靠，而形成"社会的生命"。这并不是指人心外逸，以致被社会世情所豢养，而是一种活着的基础：人在事情里头有了"悦"（enjoyment），也就是"生命的滋养"。人活着所做的一切事物都成为他的生命滋味。人的贪生怕死也是在这滋味当中。贪生就是啜饮着生命滋味不放。人的"在世间的活着"，使他摸不到生死的期限，而把在世的一切价值紧抱不放，这才使人的生活显现一片繁花绿叶。

其中，生命滋味最大的恩赐来自人与他人的脸的见面。脸对脸的见面时，他人朝向我来，成了我生命里头最大的牵绊，因为他人的脸来到我面前，正如一种无限上纲的指令，使我在他人的颜面之前，必须为他的颜面负责。我仰承他人的滋养，也供养着他人。在这样的交往，往往让我们忽略人的生命滋味一个根本的事实，尽管我仰仗他人，但是我所有的"悦"都是独自的"悦"，冷暖自知，毋庸他人共感，亦即生命的滋味只能独享独悦，点滴只能在自己的心头。因此，我面对他人所形成的"他者"，是我独自拥有的他者，而我对我的"他者"的关系只能说是我的"独味"。

由于我的"独自滋味"，使我的经验无法共享，只有透过语言的表达，我才明白他人。但是言词的明白并不能取代我的"独自滋味"。我依旧在世间独存。但这并不妨碍我对他人的无限渴望，我依旧要与人在一起，但是并不是你我的交融，而只能是我与他人之间的切近：在一起，却不能取代我的"独有"。然而，身体的衰颓却让我逐渐从生命的滋味退却，时间朝向死亡前往，我逐渐从在世的活着出现了裂隙。我原来所依靠的生命滋味在我身体的衰弱中引退，而我又将逐渐沉沦于我的无明。

最容易进入生死门的地方是医院，尤其是与临终病人在一起的生活经验，让临终者教导，使我们得以开显出活在世界的意思。如果不这样做，我们生活着的世界会蒙蔽我们领会生死门。为了揭露这层蒙蔽，我们非得透过某种生命边界处境，见到了我们的极限，否则我们将难以详察自己活着的实相。临终者的生活世界，恰好为活在世界之中的我们，提供了一个边界处境：在"即将要……但尚未"离开世界之际，他们所经历的时间缩短、身体毁败以及关系不再的现象，以一种即将破裂的方式，将我们被世界蒙蔽的现象反照出来。

在病床处境里，我们承受临终者的恩典。即将去世者即将"不活"的身体与我们活着的身体在一起，我们虽然没有即将离去的急迫感，但看着病人即将离去的状态，我们意识到病人的现状正是自己的未来，因而使我们还活的身体探询着自己："活着"是什么意思？即将离去的人或许会跟还未离去的人说话，但是他的处境却有一种与生命实相接触的切近，把我们也带到生死共在的氛围里头。坐在病人床前看着病人，与病人说话，我依旧是"独我"，病人的生命滋味依旧不曾"在我"。我绝对不可能获得有关病者的知识，而是共处在终极处境的我，如何承受病者的恩典，让我从病者的容颜、他的家人以及在这终极处境的恩典里头，获得有关人活着这个事实，而引导我对活着的宗教性有更深切的明白。

濒临在生死门

在揭橥"知生知死"的过程当中，我们首要面对的是我们的"活着"。"活着是什么意思？"这是根本问题的所在。要回答这个问题，我们采用一种叫做"濒临"的方式——活着正是死亡的"濒临"。

濒临是一种与死亡相近的氛围。活着的人即使坐在即将去世者的身旁，依旧不在"死亡"之中，即使我不再慌乱地坐在病床旁边，我依旧只是看着"邻人的死亡"，而不是我。换句话说，我只是切近在一个即将死亡的邻人身旁，我所有有关死亡的领悟，都只是一种接近，而不是死亡自身。我们通常把这样的接近，称之为"濒临"。

"活着"，就是死亡的"濒临"。但是，多数人拒绝这个想法，采取"隔离"的方式，把自己放在与死亡不相往来的世界里。"隔离"是阻断我们明白"活着"的"濒临感"，但这并不是错误的认知，而是人在对待生命的一个过渡阶段。

我们从"无明"里出生，从"初通人事"当中学会一种"活在事情当中"的生活，使我们经过了一段"绝通生死"的生命阶段；在这个阶段里，我们在"事情当中"获得生命的滋养，不仅是"完成某事，获取成就"的愉悦，光是"做事"本身就让生命喜欢得不得了。生活里没事，令人无聊。这些被事情豢养的生活本身就隔绝在死亡的濒临之外；参加丧礼的人总以为丧钟是为他人敲的，丧歌是为他人唱的，很少深入地穿透其中的濒临。但是，终究我们还是会回到"濒临"的现场。感通生死才是人活着最终的心灵痊愈。

感通生死并不是从宗教的教义取得，而是从自身在濒临之中获得轻安。感通生死不但是祛除对于死亡的焦虑，更是"活在死亡当中"。这并不是意味着人必须放弃人间的关系或情事，而是一种活着的"了然"，也就是做个明白人。当我们有机会与即将去世的人相处，可以获得进入"濒临"的机会，一般人对病人只有哀伤、无奈或恐惧，那是把自己排除在"濒临"的心态之外。见着即将去世者的容颜，宛若见到我们自己；而且，不要相信"那只是以后的事"，自己随着都"濒临"在生死边缘。把自己放在即将去世者的状态，接受它，反而会更明白自己"当下的活"。

濒临三法

濒临的感应又如何发生？我发现时间与生命之间根本不需要分别，因此，濒临的生命感就把时间无限地缩短，而得到瞬间的轻安；同时，必须把事情的滋味冲淡，淡到有事若无事的地步，而人间关系不必紧扣在现世，而形成心灵的呼唤。下面就一、缩短时间；二、生死相待的心灵呼唤；三、有若无事等三个法门做例证的说明。

一、缩短时间

如果想在有限的生命时光过日子，就不能是捕捉时光，而是品尝。岁月能有所谓"无尽时"，乃在时光的点滴之间品尝时光，而不是对时间作鲸吞；不是拉拉杂杂做许多事情，而是时光的微米之际作无穷之思。

·喝一口无尽的茶水

喝茶原本就可以和缓世间情事的脚步，在山间泡茶更是横逸。但求慵懒的泡茶，却又属不易。漫天谈话，不求边际，可以和缓脸色，但若能在谈话之中又能无言，当为胜境。茶道之间，若能闻空山松子落，极细的声音如丝，尤称极品。喝茶下棋，一口茶未化入咽喉，却已经几度沉吟棋步，口齿留香，亦为快事。

· 看一次无尽的景色

在星光快没了，晓光连连的清晨，无事打坐，睁眼一看苍穹，鲜活心门猛然提振。

孤坐河塘，天空忽暗，"细雨鱼儿出，微风燕子斜"。

记得年少时游溪头，走到一个孤亭，突然烟雨，躲在孤亭里，望远山蒙蒙，雨打着树叶十分轻切，坐忘甚久。苏轼少年时曾经到一个村落寺院，看到墙壁上有一首诗："夜凉疑有雨，院静似无僧。"后来苏轼到黄州禅智寺夜宿，那晚寺内僧人全都不在，偏偏半夜下起雨来，那首《村院旧诗》整个都浮上心头。"茅檐相对坐终日，一鸟不鸣山更幽。"

· 在一次无尽的旅途

王安石罢相下台，隐居在金陵城外十年，"住宅四周无墙，聊足以避风雨。晴日，携童游山，雇舟入城。晚年颇寂寞。有一次患大病，以为将死，就将自己的住宅捐给僧庙，但并未死，又另租了别人房子居住。"有一次他从定林到西庵，睡在寺庙里，"牛鸡声不到禅林，柏子烟中静拥衾"，只见白发苍苍的王安石躺在床上，看着松柏子在火中烧着，农村的人声听不见，只有松柏子在火中细声微爆。

· 念一次殊胜的圣号

有一次在云南丽江听音乐大师宣科和他的纳西古乐团

演奏洞经音乐。洞经古乐原来是道教的科仪音乐，并不是纯粹的音乐，但是宣科与乐团老人演奏时，正心诚意，使音乐中带有冥思。尤其古笛独奏时，最美的地方在最细声的部分，非得凝神专注，才听得到丝丝入扣的胜处。

念圣号，应有空谷筑音。在山脚下听山庙传来木鱼声，可伫足谛听，不要匆忙。

二、生死相待的心灵呼唤

·听听无处传来我熟悉的小名

深夜熄灯，听到死去的祖母轻叫我的乳名，忽然大恸。

在祖母去世之后，我睡在佛堂旁的厢房，听佛堂藤椅声音剥啄起落，犹如祖母生前在佛堂念佛。我倚被坐起倾听，恍若无尽世界。

·在千万年里我们居然能见面

相信人类有千万年的历史。我们在千万年的点滴时光居然能够见面，真是有缘。我们不曾在蛮荒见面，不曾在宋朝见面，却在此时见面，应该惊讶地说："咦，你也在这里？"所以今日还看见你，真的不容易。

·在黄昏澄光里喜欢地看到你

"美如秋叶"真正的意思是"用黄昏的眼光看着你来"。衰弱的身体固然只能遥遥地望着朋友亲人，但是当人还未生病去世，我们往往用权位、关系与恩怨来看待人，人的来到面前是如此散发着青（陌生）、红（热切）、紫（怨恨）。若除去这事情头上的用心，让昏黄的光照着你我，你我美如秋叶。"江头落日照平沙，白鸟一双临水立，见人惊起入芦花。"

• 听你说永远再也听不到的话

能够听到你说话，这样的话以后再也不会重复，我就得仔细聆听。有时人声鼎沸，嘈嘈切切，听不真切，也是一番滋味。听不进话语，往往是把心思拉长缠绕，弄成百般的纠缠。其实，话语如雨丝入泥，瞬间即不见。所谓"声犹在耳"，那是怀念，其实已经不在了。

三、有若无事

• 事情永远只有一次

《西藏生死书》里头写道："同一只脏手不可能在同样的流水中洗两次"，如果要在生活学到最精妙的事物，就是"学习放下"。事情不会重复，只有那念念不忘的遗憾或失落才使人在认识上强作解人，才会误以为过去的事情在不断重演。"放下"是生命的动词，不是口号。

• 洗衣就是洗衣，擦地就是擦地

如果急着洗完衣服就要擦地，急着擦完地就要洗衣，那么我们会觉得洗衣擦地是沉重的负担。用同样的态度，吃一顿美食、看一场电影当然都是沉重的负担。一件事能够从头到尾专心顺畅地做完，那就是做什么就做什么，不多也不少。

·像流水一样地做事

有一天坐在飞机上看金沙江在高山之间蜿蜒流动，好像是开山辟地般在大地开出一条通道。想到水流是用几千几万年的时光侵蚀地面才能成河，可是水与土壤之间的接触却是分秒而来，就像个从容的人慢条斯理在事情里流动。做事情有水流的声音，洗衣的时候有歌唱的声音，做事抬起头来有璀璨的笑容，做事犹若没事。

·遥听夜晚的悉索声

不要有特定目标地听，而是模模糊糊地听，听远处悉索的声音。"春听鸟声，夏听蝉声，秋听虫声，冬听雪声。白昼听棋声，月下听箫声，山中听松声，水际听欸乃声。"（《幽梦影》）所有声音都不是故意地听，而是悠悠传来，断断续续，在水边，孩童嬉戏、大人叫嚷，不要去听它们的声音带着什么讯息，而仅仅是声音而已。

引导自己进入怔忡，就是不进入意思，而得到没有意思的意思。即使身处闹市，人声沸腾，依然可以越过话语，径取其声，则人好似在远处，静观世界。若在家中，背对电视，不闻其意，却又人声入耳。若运气好，突然细闻邻室悠扬乐声，丝丝入扣，若有若无，可说是仙乐，若能在深夜闻听，则是天籁之声。但是远听又不如谛听。日本有一雪乡，雪融之际，雪水流经地下的声音在雪地清越，可得谛听。远听为寂静时弥远之声，心中畅然，但谛听则为生死门之声，悠闲之至。

· 片刻间看到花华

赏花、醉月、映雪。这不是为悠闲而造，而是片刻之间都可能有的情境。只有不会做事的人把事情凑成一副忙碌的景象。事情之间随时都有空隙，人在空隙之间反而进入实相：在忙碌之间突然停歇，而看到了花华。停电、台风都是人生片刻的实相时刻，坐在窗前看雨听风，无事可做。因为台风天而产生无事的紧张，可说是一种心情不能安歇的症状吧。

活着的意思？

活着的真相似乎隐藏在可见的身体之外，
文化里传说的伟大与渺小，汇为人的历史。
虽然，我终究跳不出历史长河，
却可以在雨夜里静静端坐，无限地疼惜自己。

　　自从决定要离开台北，我就问自己："离开一个熟悉的世界当有何感觉？"这个陈腐的问题却让我想了半天。

　　当我问这个问题的时候，我依旧坐在台大的研究室里，想的是我南部家里的一切。我曾经在屏东的一个小镇待过十七年的岁月，用小孩与青少年的身体活在小镇的生活里，到目前为止，我依然用小孩子的心思回到小镇。我在那里上过一间小学，一间中学，此外，我没有在那里做过什么。我不曾在那里赚过一毛钱，所有我在小镇的花费都很孩子气：吃小摊子、买参考书与文具。

小镇上的学术话语

即使在长大以后，我带外国教授朋友回小镇，我们依旧是"镇外人士"，在庭院里说着这个小镇不说的话语。虽然说着学术的话语，我的心思却很奇怪地停留在歌仔戏的锣鼓声里，眼前依旧想念老农妇在烈日底下走路的身影。听小镇中午的宁静声音，以及观看边吃饭边看电视的人们，我就心满意足了。

人不断地离开他的位置，即使没有移居，时间依旧在移动，人几乎是活在来来去去之间。身体的活着是什么意思？开始的时候，这只是个无聊问题，现在却变得越来越真实，这个问题让我变得很不安。

可是这样用眼睛的活着又是什么意思？在邓丽君去世的晚上，电视台把她的录像带重新播放，人在屏幕上活灵活现的，肉体却已经不在了，这里头又透露什么讯息？对于我们这些还活着的人，依旧以活着的心情看着邓丽君，或者还读着已经过世者的艺术品、书籍，一切死者的事物依然在眼前晃动，与我们活在一起。

于是，我有某种断言：我们并不是以活着的事物给出一片世界，而是我们与一切死者的事物共存。在我们肉体的生活之外，人们在孤独地消费死者的事物：我在下雨的深夜看着爱伦坡的神秘小说、希区考克的《惊魂记》，不是因为他们肉体的活着，而是这世界有众多活着的人承接了死者的事物。当然，我必须极力抗拒古人的"立言、立功、立德"的说词，那种简单的言论只是让我更"烦闷"罢了。

等待安慰的心跳

我们所有的难题都环绕在"活着"是什么意思。有时候我对于自己的活着，与"自己做的事"之间有着极为迷惘的疑惑：什么是"活着的事实"？当我想起我童年的小镇时，它早已经用生命的语言保证留在我的身上，即使我不再回到小镇，它还是在我的身上继续生存。我们从来没有离开已经逝去的事物，美国诗人惠特曼在《草叶集》的"自我之歌"中说：

> 我将我自己遗赠泥土，
> 使我得从我爱的草叶成长，
> 假如你还需要我，
> 那就到你的靴底找我。
> 如果你一时找不到我，
> 不要气馁，
> 在一个地方走失了我，
> 再到另一个地方寻觅，
> 我会在某个地方等你。

但是，我们活着却是反过来的，我们寻觅死者的"生灵"，对肉体离开的人挽留。会这样想，我们活着时存在的事物总是被拉到精神的世界里，我们总在那儿与死者交接。精神世界是各种作品，当我们以作品的样子活着，肉体就失去了完全主宰的力量。

> 苏格拉底、佛陀、摩西、甘地、耶稣以更大的"活着"引入到我们的想象，捉住我们的心思，使得我们的现实更鲜活、凝神、完备与美丽。对我们自己的生活来说，他们更具真实。（引自哈佛哲学教授罗伯·诺吉克的书《自省的生命——哲学冥想》）

其实也没有想当这些思想家，我们只是很小声地问道："活着的真实是什么意思？"

还活着的身体正等待着它自己无法回答的问题。这句话的意思也很简单，只是我把它弄难懂了。我的意思是，当心脏的跳动等待心（heart）来抚慰，我的心在哪里？我想这样说又把问题弄难了，我想抄一段学生在我的课堂上抄录的话，在他的笔记里说"我"上课说："身体本身就是在生活里头，生活世界的器官是生活的感觉（即是心）。羞愧生活就是在身体的壁缘里头，怒极攻心本身就在肌肉、心脏与血管里头。但里头总的来说却是'我'，心脏的问题（cardiac problem）等待着我的心（heart）来应答。"

世界总谱里的小音节

心脏的身体自己会修补自己，但是"我"把它带往何方，使它安适或饱尝忧患，那是"我"的问题。许多生化专家说，减少体内的"自由基"，避免"自由基"干扰到正常的 DNA，可以减缓身体老化。为了做到这点，"我"必须生活简单而愉快。可是简单而愉快的"我"会是我吗？事情那么的多，即使是生化专家自己也忙着发表论文、做研究，能简单而愉快吗？当我在"简单"的生活里会不会无聊？是身体等着我回答此生如何走，而不是我听命于身体。

我要的生命不是短暂的情事。对我来说，每天发生的事情总像大海表面的波纹，零碎而无意义。也许长一点时间的生命会有一些变化，但是依旧只是浮光掠影，生命真正隐藏在某种关联里面，是我一生无法逃避的。

我可以离开工作，但我离不开我的自尊；我可以离婚，但我离不开人与人之间的呵护；我可以生病找医生，但我离不开受苦的经验；我可以不爱钱财，但是我不能不在安全的遮蔽下过日子。所有我所说的"不能逃避的东西"都不是属于我个人的事，而是那种深刻的把人与人关联到一起的东西，所有我可以做的事也是别人可以做的，只是时机、运气的问题而已。

这样说又意味着我改变了什么？我明白"活着"仰赖着世界的恩典。自己只是一个世界的一个小节，这一小段全靠着他与世界的联系才现出他"活着"的事实；任何人的"活着"都是全盘的托出,可是却是世界的托出,不是任何人自己出现的。有这样的明白,我们才知道自己的活着有更庞大的"看不见"支撑着,这世界一开始就以我们未曾知道的东西环伺着个人,而我们却以无知的知识报答。我们的无知正是我们以为自己所知的一切就是一切,不知道所有的知道都扣在世界的其他一切。

老歌勾引出既往时光

当邓丽君去世,她的消失突然让世人发现一个失去的小节,所有的悼念都在这失去的小裂隙发出。世界虽然依旧呈现这某种不变,就像我们在失去了亲人之后,日子依然是要过的,但是记忆却不断地进来填补着裂隙。就像我们只能听邓丽君的老歌,她不再给世界什么,老歌的回忆凝聚在她曾活过的小段时光,然后随着世人的记忆把她放到历史的位置,任凭历史的时间说出有关她的一切。

以简单地读书这么一件事为例,我们都在文化的恩典里,无论你是活人或是死去的人。我现在正阅读着一位去世者(例如,高阳或张继高)的作品,我从来没有能想起他们已经死了的事实。我并不是依赖他活着的事实而阅读,对活着的人,阅读去世者的作品从未曾因为他活着的事实而成立;反而是"我"——眼前这个活着的人。但是,我的活着完全决定我为这篇作品所得到的理解吗?"我"哪有这么伟大。我是秉承了文化给我的知识:其一,至少我认识文字；其二，至少我听得懂他的话。换句话说，至少我们曾经有某种文化的共时性，我才到达他的作品，我才有了阅读。

因此，我的阅读不能完全是我自身的阅读，不管我是为了论文阅读或只是打发时间的阅读；不管我是坐在我的书桌阅读或躺在床上阅读，从来就与阅读这回事没有多大的关系。最根本的是我与书的作者们同在一个叫做"文化"的空间活着。在这个空间里，肉体的活着无关紧要，紧要的是我们是以如此这般的形式活在一起。

有人说这是"精神长存"，在我看来是个误解。没有我们这些活着的人就没有"精神长存"这回事。死去的人不是留下"精神"，而是我们一开始就与死去的人活在"精神"的世界。"精神的长存"不是肉体与精神分开，而是我们活着的人与死去的人共舞，在"文化"里共舞——没有活着的人的"肉身"，就没有死去的人的"精神"。换句话说，我们彼此依存，我们给了彼此的恩典。然而，所有的恩典都是在文化里头。

"伟人"在文化中起舞

活着是什么意思？

我们的活着是许诺给文化的。肉体的活着虽是短暂，"活着"毕竟是文化的活着，历史的活着。不是我们给了文化什么东西，也不是我们给了历史什么东西，我们原本就是历史文化的子民，不管是活着或是死去。我们一开始就参与在文化历史之间：我成长的小镇，我的台大心理系，我的张老师月刊；我的知识，我的语言，我的自尊；我的工作，我的亲人，我的朋友，我的老师，我的学生……所有密密麻麻的生活中的一切，都彼此以依存的存在样态，在文化里共舞。

即使如此，我们依旧会碰到一个想问又不敢问的问题："为什么我们总是默默地活着，好像很不伟大的样子？"我们既然参与了历史，为什么我们总是默默地活着，默默地死去，好像也没有给历史留下些什么？为什么我们不能像孔子、苏格拉底、佛陀、穆罕默德在文化历史里留下千秋万世的"伟大"？

这个问题是个极大的混淆。孔子的存在不是肉体孔子的伟大，是无数的中国人在文化的生活里给了一个叫做"孔子"的字词，整个文化给出了所有有关人的心思，关联到"孔子"这个符号的伟大，是我们经营了这个伟大，而不是那个活着的孔子伟大。我们为"孔子"聚集了思想，把我们有关儒家的思想找到了代码，我们愿意这样子"使之"伟大。

换句话说，是无数活着的人在促使某些名字伟大。

文化身后事，
活人苦经营

如果爱因斯坦活在中国的明朝，我们可能没有"相对论"，却可能有一个疯癫老人叫"一石道人"（Einstein，Ein：一个；Stein：石头）。"相对论"是存在于物理学的文化里，没有物理学的恩典，给不出伟大的爱因斯坦。梵高的伟大在于"被发现"。当他死的时候，报纸的一个小角落登一则社会消息说，有一个酷似神经病的画家举枪自戕。

没有文化的子民辛苦耕耘，这世界给不出"伟大"的事物。因此，所有的伟大不是个人的伟大，是活着的人在文化的参与中，为"伟大"命了名，愿意为"伟大"聚集更多的话语。

最近阅读人类学者乔健教授谈有关西藏"格萨尔"的论文，更让我相信文化的子民给出的伟大。谁是"格萨尔王"？没有人知道是不是曾经存在过"格萨尔王"这个人，但西藏的子民却在梦中说出《格萨尔》史诗，在白天的演唱里说出"格萨尔"的传奇：他如何成长，如何被叔父迫害、逃难、称王、救妻、救母、弘法、升天，据说数量上已达一百五十万诗行，成为新兴的"格萨尔学"。西藏的说故事人不断说唱"格萨尔"的故事，甚至随时更改内容。

其实这并不是特例，《红楼梦》的红学，莎士比亚的莎学，比比皆是。所谓"伟大"不是肉体给出的伟大，甚至人在活着的时候一点也不伟大，像《红楼梦》在清朝曾是禁书。只有历史才使"人"伟大。但这里的"人"不是肉体人，而是某种代号，文化的意符，是身后事。

那么活着又是什么意思呢？

遥望宇宙星空千年亮光，
我想这样静静地坐着

我们可以不必理会文化里的成就与伟大，因为我们的活着与死去都是事实，为了这个事实，我们有另一种眼光："行至水穷处，坐看云起时"。每次我听到这句话，心中有着强烈的震撼。

今晚，我坐在庭院里，听着蛙叫虫鸣，远处的山峦在路灯的照映里一明一暗，身体隐隐作痛，一起一灭。遥望宇宙星空，也许有千年的光在眼前才看到，也许我现在看到的星光的星球早就不存在了，为什么要认它？我们是不是一开始就强迫这样的认自己，所以才看不见活着是什么意思？

我们是不是用千年早就不存在的"我"来认领自己？我们是不是用不存在的星光来映照自己？如果不是，那又是什么？生命的活着恰如一片风景，"坐看云起时"是我的看见，除此无他。我听见孩儿在嬉戏，我听见水声呜咽，云儿在天空，我的看见难道还不够吗？难道有更高明的事物比眼前的"现在"还真实吗？难道我们还要求着千年的星光吗？在我的笔记本上贴着诗人谷川的《在静静的雨夜》。诗人说：

　　　　我想一直这样坐着，
　　　　听新的惊奇与悲伤，

静静地下沉。

不相信神却向神的气息撒娇，

拾起遥远国家的行道树叶子，

沐浴在过去与未来的幻灯中。

相信碧海上的柔软沙发，

然后比什么都

无限地更爱自己

我想一直这样静静地坐着。

（谷川俊太郎作，林水福译）

生死唯心，自在善终

如果你愿意相信"天地神人"这四个自我维度，
对世俗里的人伦津津乐道，对宗教不疏离轻视，
对自己的方向明了清楚，
如此，意义的饱满将伴随而来。
当你带着饱满的四大，朝死亡走去，
你将发现你不是一个人孤单走着。

在这唯物论思潮畅横的世界里，有一个领域是绝对唯心的，那就是生死领域。在生死领域内，人们看不见物质的效应。也就是说，当人接近临终时，那些用来推迟死亡靠近的物质方法几乎失去效用，甚至连控制疼痛的医疗手段，都只能在一旁加油助阵，进不了临终者的主体。

死亡来临之前，
学习与人接触

我有一个心灵族的朋友，最近过世了。很不幸地，他

生前的肿瘤使得他的疼痛无法控制，几乎每夜都无法入睡，相当难过。心灵族的正确之处，是比一般人更能认出"心灵领域"是人面临死亡最重要的一环。因为心灵族对社会成就不是很在乎，他背对社会，只面对自己。我那位朋友对《克里希那穆提》《新时代》《赛斯》《宝瓶同谋》等书的内心与神秘感觉之间的往来，十分熟悉。他经常做瑜伽，将身体交付到一个更高的层次，跟灵界沟通，他也可以躺着感觉自己的灵魂逐渐浮升，旋进某一个隧道里，接着会有声音跟他讲话，而说话者多半是死去的朋友。

然而，当心灵族自己面临死亡时，问题就出现了。朋友生病后，我心想，也许二三十年来的修炼，可以帮助他渡过这个难关。不幸地，即使他可以忍住二十四小时的疼痛，但当他真正面临死亡时，某种无法承担的孤单却席卷而至。他感到寂寞难耐，过去那种灵魂出窍或与死去朋友灵魂沟通的能力消失了。他苦恼、孤单又害怕。十几年来他跟别人（包括跟自己最亲密的太太与儿女）互动的方式是："个人必须承担自己的责任，必须为自己负责，我生病了，你们不需为我负责，我要独自面临我的死亡。"这是一般心灵族对这个世界的基本设想。可是当癌症越来越真实，到了不做积极治疗的时刻，他整个人濒临崩溃。由于他跟妻子儿女长久以来采各自负责的生活方式，所以他的妻子并不常到医院看顾他。女儿表面上会说"爸爸，我爱你"，事实上却也很少到他床边来。那真是极大的孤寂。

尔后他身体情况稍微好转，便去附近的医院看顾癌末病人。在看顾期间，他开始学习跟病人接触。他接触的方式是"无所事事"——走到病人床边，不问病人要不要喝水？要不要按摩？而是你看我、我看你，病人想讲什么他就回应什么。他很认真地跟人接触，直到自己的身体受不了才又住进医院。那次，住院两三天就过世了。过世以后，我最惊讶的就是他太太的反应。在他住院期间，她不常来医院探病。直到他去世后，她才大哭说："你答应过我你不会走的！"那时我真的很不解，我知道他们一家都是心灵族，都有自己的修为，可是怎么会等到人走了才知道难过呢？我认为这当中有些事不对劲，可是不对劲的地方在哪里，我却不甚明白。所以我把整件事情重新想过一遍。到底心灵族是什么意思？会不会在追求精神、心灵成长的过程中，存在着可能闪失的环节，只是心灵族看不见？这是我心中最大的纳闷。

人伦和谐，安详离世

我开始回想那些在安宁病房善终的病人。我思考着，一个人为什么能善终？善终其实是很困难的。癌症最让人难过之处是，病人还想活着，身体却一天天衰弱下去。因此，如何走向并抵达善终其实是一个谜，一个人在什么情况下可以接受死亡，没有人知道。即使如此，临床的数据却一再显示，有人真的是在安详和乐的情况下离世的，世界上确实存在着善终这回事。

一般的生活逻辑认为，如果一个人的父子、夫妻或亲子祖孙等关系和谐，俗世生活过得越好，就越容易眷恋此世，而眷恋越深就越不忍离去。但奇怪的是，那些善终的人却相反，他们在人伦关系上调节得越好，在临终前越能放得开。反观，心灵族的临终路走得很苦，有时候反倒不像那些生活在俗世中的阿伯、阿婆那般容易善终。

我在安宁病房很喜欢看躺在床上的原住民老人家，有时他们疼痛得厉害，有时则跟老伴说几句话。他们经常有一种自在，令人难以捉摸。

我看着原住民老人家面对临终的自然态度，也看着那些伦理生活很不错的阿伯、阿婆们，越来越觉得我们现代人的心灵修炼之道真的出了错。

心灵族向来面对的自己，只是一个小小的自己，自己的独立、自己的灵修、自己的上苍。在这个人的小小世界里，没有青海法师所讲的"印心"——印着宇宙之心。也就是说，人的心中至少要包含四种东西——即"天、地、神、人"，才能自在快意优游人间。"天"就是光明、善念；"地"就是母亲、根源，是人发心的地方，当一个人发心的时候，某种善念之光将从上面下来；"神"即神圣领域，那是一种"我愿意在其中，完全不涉及世俗"的地带；"人"则是与亲人在日用伦常之间合好、交融。如果你不用这些轮转自己，你所面临的生死问题就是假的。

德国有名的社会学家诺伯特·伊利雅斯（Nobert Elias）在年老时说："人一直想追求意义，可是意义只能在人群的交流缔结中存在，如何能另外他求呢？也许这个观点与一些宗教修道士不同，但是我却愈来愈相信这个观点。"

人皆不免一死，认识这点，并不是要人们将临终视同为"等死"。重要的是，在面临死亡、困苦、无望的那一瞬间，临终者能否找到一点希望，在死亡的黑暗甬道看到一盏烛光？有时，病人会因当下身体舒服一点儿快乐起来，或者听几句话笑了起来，这就是希望。这样的希望，不是希望活下去，而是"希望"本身。信仰宗教，使人懂得在困苦的时候寻求一点希望、一个瞬间，就像安徒生童话里"卖火柴的小女孩"的火柴棒，每擦亮一根火柴，小女孩就看见死去祖母慈祥的脸孔。

陪伴病人，就像擦火柴棒一样，也许说上几句话，或者为他画张图，他都会很高兴，这样就够了。有些名师、精神领袖会到安宁病房对病人说："好好的去吧。人的身体总是要换一副的……要放下，要念佛……"这些话能否进到病人心里，是个大问题。说这些话的精神领袖丝毫不察觉，探病者对病人的话总是太多，且病人不见得相信这些话。

陪伴，
是看到希望的瞬间

近日我在整理一位病人过世前留下的日记，从他的日记中，我发现活人谈论死亡之事，总把极难之事说得极易。阅读他的日记，我颤抖不已。从中，我领悟到亲人只能陪伴到最后一刻，绝不能对病人说："该放下了，你好好去吧！"只要人尚未死亡，他都要求生，并非追求永恒的"生"，而是追求那一瞬间的"生"。好比说，病人闻到香香的味道，会说："好像我妈妈煎的笋仔粿。"如此的刹那瞬间对他来讲就够了。卖火柴的小女孩点燃火柴的瞬间就是这样的状态。亲人前来病房探视病人，看见熟悉的脸，病人欢喜一下，随后意识昏迷，隔天不认人，嚷着要家人走开。这就是他求希望的方式，在这种方式中，并没有语言上的"放下""你走"等词语。亲人的陪伴即是最大的瞬间。你只能一直陪伴，没有权力要病人放下什么。我们必须把接受死亡看成一件极困难的事，因为，就某种意义而言，规劝别人"放下"是一种意识形态的暴力。

从这样的想法来看，我们了解，在心灵族的自我里，"天、地、神、人"四样都缺。他的自我所制造的"我"只是稻草人。以"天"来说，应该是为别人着想的，而不会只是为自己的"心灵超越"。所谓"地"，是扎根、立下志向的，该做的事不管再怎么辛苦或时间如何长久，都还是会做下去，而非轻飘飘地毫无根据随风飘扬。

那些去医院做义工的人，起初都有一个立志的过程，也就是佛教所说的"发心"。义工会遭遇一些挫败障碍，但同时也会碰触到病人深邃的感觉。我的学生石世明很喜欢陪伴临终病人，可是要把陪伴经验写成论文却困难重重。

晚上常在农舍外的稻埕点着灯就着小桌写，写得极为艰难。某日，实在写不下去了，他干脆把灯关掉，抬头仰望缀满星子的夜空，他突然叫道："伯伯！"他感觉到那位刚过世的伯伯对他说："论文怎么写不出来？"天上有许多星星，其中很多都是他刻骨铭心、花很多时间照顾的病人，他觉得在那时刻感受到许多心意，于是停下论文的苦思，将那时的诸般感受写下来，隔天拿给护理人员看。但护士们看完不吭一声。他觉得纳闷，问我："老师，他们为什么都不跟我讨论？"他觉得这篇文章对义工、护理人员来说有启发作用。他又说："你不觉得他们的心都已经进到我们的心了吗？"我说："每个人要知道自己的命，像你的根已经定了，语言是多余的。"

孤独求道者，往往会去掉伦理，不顾与临人的关系，留下自己。这恐怕是求道者的大问题。一个人活着必须伦理与神圣领域兼备。所谓"神圣"，是指一种"全部的态度"，完全专心专意地待人待己。神圣跟凡俗不一样的地方在于，凡俗会不断地在世界里区分不同，希冀建立秩序，一方面是长幼有序，亲我所亲，尊我所尊，当然另一方面也就会轻视所不尊，疏远所不亲，整个世界是有界线分隔的。这是我们一般生活中讲究的秩序。但是一进入生死领域里，这种区别就不存在了。

在这个过程中，我试图解开心灵族的问题之所在——它创造出一个强化性的自我，一个稻草人般的自我。这个自我看起来很不社会，不在世俗里，但却也不在神圣里。

既看不到天，也触不到地。一旦与死亡对遇，完全无法因应。

　　如果你愿意相信"天地神人"这四个自我的面向，对世俗里的人伦津津乐道，对宗教不疏离轻视，对自己的方向明了清楚，如此，意义的饱满将伴随而来。当你带着饱满的四大，朝死亡走去，你将发现你不是一个人孤单走着。如果你有神圣的领域，你会有一种更宽广的世界，以"全部的虔诚"朝向死亡。意即你浸淫在"自当死亡"的基本氛围里，内在的自我不再是自私的自我。有些临终的老婆婆会说："我先走一步。"这句话很有意思，它意味着："我们都在同一条路上，我先走一步，你们慢慢再来。"人是共命的，老婆婆也许没有察觉自己的话中，有如此强烈的共命感，但这句话对我们这些终日思索生死问题的人来说，却是振聋启聩。

生命的破局

人若一直处在不让自己掉落的恐惧中，
是没有出路可走的。
人若不承认破局，就不可能产生内心的精神体。
当你投降，吃亏失败时，精神体是唯一的依靠，
因为死亡来临之前，世界里的挫败会完全实现。
也是直到那时，生死界线消抹，生命慈光终得显现。

在忙碌的都会生活里，人与人之间难以发展深刻的关系，彼此往往只存在制度性的相互对待。在这样的对待里，人们依循事情、社会、机构的秩序行事，在不知不觉间变得面无表情，且人间的残酷也乏人观照。在制度性的残酷底下生活，人们看似活得很好，其实很无助，因为在制度里，没有灵魂，也没有令人感动想献身的东西。个人不可能打破制度性的残酷，尽管如此，在制度的缝隙之间，非机构、非制度的精神聚合体，如一贯道、慈济人等开始渗透浮现。人们在那里找到灵魂，寻找一条活路，这便是后现代的"社会治疗"。在精神体里，人与人的关系密切，除此之外，人们服膺于一个更高的存在，承认有一个神圣的"在上"，

并且，那些进入神圣领域的人必得下跪。

放弃心理治疗多年，直到几年前我又重拾心理治疗，这跟我在慈济安宁病房所看所为有很大的关系。在中国传统里，心理治疗不可或缺的要素是治疗者与被治疗者之间的密切关系，但这层关系却不为西方心理治疗看重。

低头认错，
医治心病

一九九〇年，辅大应用心理研究所研究生陈永芳做了一个民间团体"万国道德会"的研究，并将研究写成本土的心理治疗论文《万国道德会五行性》。论文中，他提出"缩小自我"的理论。当一个人年轻气盛时，在自我膨胀中他的屁股不敢坐实，因为这时他的屁股长满了刺。精神医师教人回到真实的自己，不自我膨胀、承认真实的自己，屁股的刺就脱落了。

"万国道德会"其实也是用同样的方法，只不过它的办法比精神分析犀利。它用"跪下"这个举动使人彻底承认"我不是、我不对、我根本是非人"，这招很凶悍！万国道德会的创办者是清末善人王凤仪，从小，他的家庭里便存在不少坏事，如赌博、婆媳不合、兄弟阋墙等。某天，他听人说书，讲到三娘教子的故事，当儿子向三娘悔过时，三娘反倒跪下来说："是我不会做妈妈，你要原谅我。"当时三十几岁的王凤仪一听，整个心情翻转过来，他突然领悟到平日怨家人、指责别人的不是，这全是因为把自己看得太伟大了，才会正义凛然地骂家人。王凤仪回到家后，跪了下来，首次承认自己的"不是"。他跪着一直哭，哭到睡着，隔天醒来，长了十二年的节疮竟结疤了！尔后神明下一道神谕要他加入神坛，替人讲病治病。

在讲病的过程中，他逐步发展一套心理病理论。人如果把自己放得很大，就会对许多事情感到不满，当不满时怨气就进来了。且当一个人心里有怨时，一句好话也说不出的。王凤仪讲病的方式，是先让人说出平常不敢讲的话，接着反过来指出他的不是，问他："认不认过错？""跪不跪？"当人在忏悔时，心病就好了一些。他的讲病风行山东一带。

这个过程看起来不是心理治疗，但从其内涵来看，却是地道的心理治疗。跪下，是教人在某种程度里完全顺服。该对谁顺服我们并不知道，我们只知，人一定要先低头，不低头就没有路走。王凤仪教人乖乖下跪，顺服于无上的力量。当具亲密关系的两人跪下互认自己的"不是"时，那威力是很强大的。

最后一刻，
看见薄薄柔光

在人世间，事情有事情的秩序，社会有社会的秩序，机构有机构的秩序，即使医疗系统里的临终关怀也有基本程序：一是死亡告知，二是死亡准备。就某种意义而言，医疗系统的临终关怀也是一种意识形态，其中没有灵魂。精神体则依循灵魂的秩序，教人如何来到临终者的面前，一同面对死亡、接受死亡。当制度性的残酷裂开来，灵魂的秩序便以柔光的样貌显露。只要人进入生死不分的状态，就会明白日常生活原来都在遮蔽真心。夫妻吵架时，看不到彼此的真心，而当伴侣意外生病时，真心就在事情的硬块裂开时涌现，人一旦碰到这种情况，就不得不下跪了。即使彼此相互在事情中结怨，进入病房，爱就显露出来，并散发出一道薄薄的柔光。在病房里大家都颇柔软的，因为病人在最后一刻会教导尚且健康活着的人，什么叫柔软、慈光。

　　日常生活里林林总总的事功是不能依靠的，如果胆敢依靠它，有一天会摔得很惨。殊不知在事情里出现的成就，到头来会变成障碍，成为焦虑和埋怨的源头。想要把人对死亡的接受和他自己的心理治疗结合，仰赖世情的运作完全无济于事。当你想要精神地治疗自己，首先得扪心自问：当我跪下时，是不是全部的跪下？我能不能用一种"全部的态度"来对待无上？义工为人助念时，若眼睛半开半闭，他的心里其实是颤抖的。反之，若助念的义工能全然看着死者或即将去世的对象，完完全全为眼前躺在床上的人念佛，时间很快就过去，且明了何谓"全部的专心"。当我们看到死亡是"全部"的时候，才明白灵光、跪下、面对死亡都是很本体的。从本体来想，才了解我们平常过日子，其实是挺欺瞒的。

把命砸下，
才有路走

　　我们以为做事情就是在度时日，事实上从你的呼吸到你的死亡，都是生命，生命无关乎做不做事。我的学生石世明在临终病房作研究，有一次到原住民病人家中访视，整整两小时只在一旁看着病人家属烧木头，两人一句话也没讲。回来后对我说他觉得十分无聊，问我该怎么办。那时才警觉到，我们的脑子总是习惯被事功包围！于是我建议他带别种心情再去陪着烧木头，看看有没有不同的体会。

　　人在世上有很多身不由己、不能预测的事，如同我们无法预测水的波纹。水本身没有臆测可言，它就是生命整体。时间在无所事事中度过，或在事情中度过，对许多人来说很不一样，可是对生命本质而言，这两者根本没什么差别。或许我们该学学没事时就烧烧开水，让自己体会流水的感觉，不要老是处在事情当中矛盾不已。我想，读书人看不破死亡，或许是因为我们不明白时间就是生命，不懂无所事事，不懂看一朵花、欣赏一片叶子，不懂观一场雨、静听一段流水，只知道溪水可以游泳。如果知道时间就是生命的话，做事情反而是一种逃避，因为没有进到"时间就是生命"的体悟中。

　　张爱玲小说《半生缘》里提到情愫，刚要恋爱的男女对坐，嘴里言不及义，手却暗度陈仓地牵在一起了。"时间就是生命"正是这种暗度陈仓。可是我们习惯用事情的时间去偷渡一些生命的时间，然后任自己在事情的牢笼里备受折磨，以为牢笼就是人的生命。当人们能用"全部"的态度去了解世界，才是真正的天启；结合生死学及心理治疗，两者加起来才能生出精神体。精神体透过传递进到人的心里，它可以让个人生出体会而不仅只是一种指导。精神体本身具有某种"叫魂术"，在精神体之内，人跟人之间真诚对待，时间、"全部"的态度像一道光芒般笼罩而至。个人在这氛围里慢慢琢磨领会"跪下"的意义。我认为心理治疗如果没有做到这个地步，就没什么好做的。你若要跪下来就要全部跪下来，若要认自己的不是，就要认全部的不是。如果要缩小自己，即使坐下来会戳破屁股也要坐下。有句谚语说："下身落命"（台语），整个身体"砰"的下去，把你的命落下去、砸下去，你才有命，才有路走，不下身落命恐怕就没路走。

心里有怨有苦的人，若愿意回家对所怨的家人跪下，怨和苦的消散大概就像打针一样有效。那些面对临终病人还逞嘴硬的家属，留下的是一辈子的遗憾。因此我们在安宁病房里常说和解，和解需要有一个人完全扑倒在地。就像野狼互相厮杀时尖牙对尖牙，愈演愈烈，直到有一只狼伸出脖子示意给对方咬，这一招马上就有效制止对方，因为当野狼的眼睛看到一片柔和的毛时，攻击的驱力就全然消失。人虽没有天生的武器也没有柔软下来的天然机制，但我还是相信人有恻隐之心，我不相信一个小孩爬到井边时，你会眼睁睁看着他掉下去。

生命有破局，
才知生死相许

　　我的母亲去世后，妹妹嫁人，哥哥移民，离婚的我第一次体验到严重的破裂感，糖尿病因而发作，面对接二连三的破局，我跪在妈妈的灵堂前恸哭。局破掉后，才知生死相许。现在，我的太太常说："你如果比我先走，我怎么办？"话一出口就刺进我的心里。这是人最大的恐惧。人若一直处在不让自己掉落的恐惧中，是没有出路可走的。人若不承认破局，就不可能产生内心的精神体。当你投降，吃亏失败时，精神体是唯一的依靠，因为死亡来临之前，世界里的挫败会完全实现。也是直到那时，生死界线消抹，生命慈光终得显现。

暗夜微光

夜里，人影幢幢，夜凉似水……
你依附什么生活？
什么是你最熟悉的心情？
夜里，你做梦吗？什么是你心底的声音？
夜里，微光洞现，你照见怎样的自己？

大年初二夜，我在九点光景就上床睡觉。半夜被自己做的梦惊醒："我突然决定继续留在台大工作。走进尘封的研究室，我开始整理我曾经放弃的研究室——灰尘的书柜，散满咖啡粉的抽屉，就在整理当中，我听到一句话：'在台北，人的移动是如此微小。'"就在听到这句话，我犹如噩梦般地醒来。

此刻，我睡在屏东的乡下小镇。童年，我就是在这个小屋子里度过的。我曾经有三年的时光，每天晚间九点上床，早上四点起床。虽然只有三年的时光，为了大专联考而早睡早起，可是这样的作息，仿佛成了身体最甜蜜的记忆。三年后，我只身赴台北念书，却是噩梦一场；晚上往往拖到十一点才回家，深夜两三点才入睡。后来到美国读书，才慢慢恢复安静的睡眠。

返回台北之后，台北喧闹的夜晚，使我必须在清晨四点才能入睡。这样的日子加上台北人与事的纷乱，我依旧是噩梦一场。一直到花莲任教，夜晚才慢慢成了我甜蜜入睡的时刻。可是，台北的习惯，我依旧在午夜十一二点才入睡。春节返回童年的小镇，第二个夜晚我就寻回童年梦般的早睡。

妻说，"其实你在这里只过了十八年，在台北，你却过了二十六年；严格地说，台北才是你的故乡"。

香烟与咖啡，
嗅出台北生活的悲伤

在台北，日子是香烟与咖啡打造出来的。我的身体日渐损坏，每次返回小镇，空气新鲜，我居然如同昏迷般地睡觉，身体就渐渐好起来。每次回台北，我心情就坏起来，身体也不甚快乐地沉重。台北的夜晚相当可怕，外食的人口甚多，人在商店、饭馆走动，有着鬼影幢幢的景观。并不是憎恨台北，而是受不了台北的喧闹与污染。我往往躲在研究室一整夜，有时不愿意看到深夜台北的交通，晚上就在研究室睡了。

转到花莲之后，台北的人与事依然让我挂念，心中并不安稳。有时觉得，台北是个悲哀的城市，许多幻如泡影的活动如火如荼地进行，有时自己也参与其中，心中就升起悲伤。

我执意天真，甚令长辈忧心。有一次，长辈告诫我：对人性要彻底认识，我是学心理学的，却对人性的认识十分肤浅，绝对不及政治或商场中人的千分之一，主要是自己做的是论述的活动，根本就不在人性的战场。台北的人心险恶，彼此倾轧甚深，不同功力的人们生活其中，表面上各自无干，一旦碰上了利益冲突，人性之险就出现了。

自小受父亲教训，也在童年就过着近似寺庙的生活，对于纯粹的"学问"有无比的着迷；对人性的"真实"面不甚了然。如此的"介然"（干净的阿呆）其实很不适合热闹的世界，在功业的世界缺乏经营的乐趣，往往会造就"阴性"的世界。

阅读川端康成的文章，
仿佛看到黑暗里的微光

"梦"是夜晚里的主要生活。我在这曾经活过的岁月里，很多时候都在等待夜晚的来临；喜欢在夜里读着普鲁斯特的书，以及反复浏览川端康成的"掌上小说"，都在里头一瞥再瞥地看到夜晚。

第一次阅读川端康成的作品，心里就有着极为强烈的感觉，一下子就觉得他把人生的亮光全部摘熄了，而在极度暗黑的山洞里，产生对微光的渴望；当他的文字走下来，就是微光在极暗的洞里出现的一瞥。

夜里的微光是我极为熟悉的心情。对于一般的文字阅读，我很难接受那种极为肯定、极为正面的描写。在我看来，许多正面、清晰的事物，其实极为贫乏。每次我进入大厦里头，就有待不住的感觉；光滑的石材或金属的表面，往往让我喘不过气。在河边捡到的小段木头，却让我喜欢。

从小就有坐在树下、走廊看书的习惯。阴凉的土味慢慢浸润读书的心情。我曾经很长的时间坐在园子的草地上看书，尤其是阅读物理学家的理论，例如早期海森堡的作品。后来的物理学家走向应用性的高能物理，就觉得兴味乏然。

把自己当作野草，
回到一种素朴的粗糙

阴性的世界不讲求经营，而以成长为职志。我喜欢野草，远胜于园圃。有时候，为了贪看野草，一段小路来回走了个把小时还走不完。野草的茎特别挺，翠绿的部分也十分干净，我想是雨露的洗涤之外，它们的生长速度也很快，来不及被沙尘沾染就出现在我的眼前。由于十分确定野草没有农药，所以我都很放心地摘着草心放在嘴里嚼着。

由于长久就是如此"阴性"的活着，对"有建树"的活动都显得很消极，即使是学术论文，对自己极端清楚论述的东西也有着排斥。这是很不合乎体制的作为，当然也不适合在学术殿堂有所作为。我把自己当作"野草"的心情从事学术工作，即使关爱的长辈屡次规劝，也无法改变我的心情。

可是，对于原创的粗糙或土味，我却锲而不舍。也许，艺术家早就用这样的心情工作，一直是我喜欢的样子。学术能不能"艺术般"地生产，我不知道。但是，我知道太多的学术早就是正面建树的志业，学术期刊就像砖头一块块地砌起来，充其量也不过是推倒了再建，但是许多经典论文却不是砖块，往往是神来之笔，艺术家的挥洒。我相信，这样的作者一定有很长的时间在"阴面"工作，拒绝园艺家的雕塑，回到一种素朴的粗糙。

因着人心的不完全，
才有无尽创发的心思

其实，在粗糙的心情里有许多原本看不见的东西突然会出现在眼前。但是，这不是"强作解人"，就像我从不去解释自己的梦。"解释"是相当低廉的东西，就像路边一百元三件的成衣。许多人寻求解释，无异是谋杀思想，就像电灯谋杀夜晚的星空。在野地烧着木头，火光摇曳，比较接近我的心情。第一次露营埋锅造饭，人影幢幢，人声沸腾，就把我想要的"粗糙"感给了出来。

我承认自己讨厌大饭店的饭局，也不喜欢中规中矩的饭厅，绝对不是来自对食物的讨厌，而是不喜欢"饭局"

的刻画：用目的、效果或用意，作为饭局的筹划是相当累人的，能够承受这种刻画的压力，并以此为乐的人，必定是"功成名就"的人。作为喜欢"粗糙"的平凡人，随兴的小吃是市井的快乐。功成名就的饭局人，必须具备专业酒家女的能力，有宴饮作乐的本事。

我一直深信，无论这世界的文明如何变化，人心依旧是"粗糙"的。我们只能建造精密的事物，却不是将自己"精密化"。"粗糙"的心思有许多未经琢磨的部分，也恰好是它的"未经琢磨"，兴起诸种琢磨的可能性；正因为它是如此"不完全"，使得人心充满创发的心思；正因为它有如此多的"漏洞"被看到，使人经常在有漏洞可补的兴趣勃发之中；正因为"粗糙"的勾引，生命才看见它的进展。

简单造型的器皿，
透露出质朴的华丽

在"粗糙"里，我往往会停留很长的时间沉思它的现身；我阅读法国人类学家利瓦伊史陀的《忧郁的热带》，往往沉迷在他描绘的土著纹饰——无论是土著脸上的纹饰，或者是木雕物。这些只有在民族博物馆才有的物品，充满了"野性的艺术"——人类心灵在某个时刻，突发奇想而保留下来的片刻结晶。

其中令我印象最深刻的是，利瓦伊史陀提到一些土著的器物是"质朴的华丽"。土著用极其简单的木头或石材制作器皿，形状也极为简单。但简单的造型却又是"华丽的简单"——触摸的质感极佳，弧形的线条极为完美，就好像使用许久的滑度，毫不刺眼地出现在世间。

这样简单的造型，却赋予人心完全的满足。这是很奇妙的诡辩——极力在纹饰上作渲染的华丽，却达不到效果。

这使我回想到自己的夜梦。作为文明人，睁开眼睛就活在这个叫作"现代"的文化层——电视、冰箱或计算机。所有的文化层都提供人心依附的所在，我们在文化层的生活里刻画着生活，而有一个处所，却以最"不文明"的方式活动着，那就是夜梦。

我们在夜梦里，
返身观照自我的存在

在夜梦里，我们才发现每个人都是堂·吉诃德。剥掉堂·吉诃德，我们什么都"不是"（no-beings）。昨晚夜里，梦见我听着人们说话。有人说得很悲愤，有人说得很诚挚。我问，为什么要这样说、那样说？人们回答我，如果我不这样说，我就没有我"这边"的感觉，我"这边"的世界；如果你不那样说，我就没有"那边"的感觉、"那边"的世界。

我说话是我的世界。你可以赞美我的话、我的世界；你可以诋毁我的话、我的世界；如果你连诋毁都不愿意，你根本连我存在的世界都不肯承认。你完全没有资格这么做，做人就是活在世界，就是说话。

　　我是从夜梦里头发现，人所生存的文化层正是人作为"堂·吉诃德"的所在之处。夜梦是粗糙、原初的心，只有从夜梦这里，我们才脱离了文化层的制约，返身看到文化层在我们的存在之中做工。

　　由于如此，夜梦赋予我大地母亲的深沉。夜梦的声音就是慢板的音乐。如果我珍惜此生，我必须让自己浸淫在夜梦的眼睛，夜森林里的猫头鹰，夜凉的水，滴答的雨夜，在夜里的山中小屋，午夜的街灯，秦楼月，楼上愁。

　　所有这些夜梦的眼睛总是有些湿润，有些隐约不明，有些雾气，有些青烟。缓缓地推着生命之轮，沉没于大地。

我的朦胧缈思

梦，在夜里的暗处闪着眼光。
它活在我的世界里，却不是我的思维所能捕捉，
它在语言说不尽之处。
也许只有忘掉巨大的身世，才能看见梦，
看见浑然的自己，自己的家园……

梦见我的身体破碎纷飞

在忽然出现的梦里，我整个形体不见了，我可以感觉到整个人的身体不再是沉重的躯体，而是轰然一响之后，完全空掉。可是并不是完全不存在，而是一种无形的存在，就好像完全没有光的夜晚，看不见自己的形体，但却可以感觉有东西存在。即使是有意识，但也不是那种平常熟悉的意识，而是感到完全不必语言的意识。

醒来之后，我在日记上写道："当形体被消灭之际，突然好像整个身体被夺走的感觉，它完全失去了现实的稳定感。当现实失去的时候，我们才发现我们仰仗的东西在

何处：在尚未成形的世界里头。有一种不会说话表达的东西，也许就像胎儿，静静地待在我们的身体里。"

但是我们从来未曾死去。上述的经验又从哪里来？难道我们活着的时候有一种不用话语、不用理智的东西，像胎儿一般地蛰伏在我们心底？

如果有这么一种东西，我们为何不知道？或者说，我们其实知道，只是因为它太庞大，几乎占据了我们所有的意识，甚至是指导着我们日常生活的一切，可是它的存在成了我们最根本的东西，以致我们靠它而活却不知道？就好像我们并不察觉空气而活，只有空气变成不寻常的风，我们才会意识到。

精神分析曾经是近代人类最宏伟的心灵工程，追寻着我们心中这个无形的胎儿，并给它一个名字："潜意识。"可惜，当初精神分析不察，以为这个潜意识是个怪胎，潜伏在我们不知之处，引导我们精神转向异常。现代的心理学家当然早就为这个无形胎儿扶正，认为这胎儿绝对是天生本有，并非怪物。

尽管精神分析错认自己的身世，但并没有忽略它的来处：梦。

但是精神分析并没有超越自古以来的解梦书，依然把梦的内容拿来解梦。梦的内容只要被意识一分析，就失去了梦的灵魂，就失去了一切回归自身的机会。

大哲学家维特根斯坦说：

描述一种梦，一种回忆的混合物。这些常常形成一种意义深长的和不可思议的整体，仿佛它们形成一种给我们留下强烈印象的碎片，所以我们寻求一种解释，寻求种种联系。

　　因为梦太隐晦，站在意识捉不到的角落，所以梦不断寻求解释。换句话说，梦是在夜里的暗处闪着眼光。如果意识得到的地方是我们说得出来的话语，那我们又如何说梦境呢？我想，我们会逐渐发现，意识并不是心境的所有一切，而只是心境最简单的一部分，站在夜里的眼睛恐怕是心境最复杂的那一团东西，可是那一团东西又是什么？如果我们这样问，就好像拿网子捞水，提问的意识就像那张网子，提问之际就像把网子从水里捞上来，所有梦的种种就全漏了出来。

　　如果梦只是想象，那么我们任何时刻都可以将之抛诸脑后，可是梦总是以萦绕的方式在缥缈的夜晚让我们怔忡，想说些什么却又不知是什么，某种余味总是在醒来之后散发着我的世界的情味，而那个世界却不是我的思维所能捕捉的世界，但又是我的世界。这又是怎么一回事？我的梦蕴藏着我的味道而我却一点也不知道，难道我的不知道就要否认梦的味道？我不认识梦，我对梦的不解，并非梦不在于我，而是我对梦的不识：我的认识落后在梦的后面，我的梦绝对活在我的世界里头，在我所认识的世界的余晖里，而我仅仅在醒过来的时候隐约感到这个世界的余光。

那么我梦见自己形体的破碎又是如何？

首先，我清楚地意识到这个梦与我童年做的梦完全是两回事。我在幼年多病，经常躺在床上。好几次梦见自己的死亡：我的身体躺在床上，人却在上空。只见我的祖母、父母围在我的身体旁边，我在上空无论如何叫他们，他们恍似什么也听不到。半夜吓醒以后，望着正在酣睡的祖母与爸妈，心里十分恐惧，害怕失去他们。那样清晰的影像，并不是想显示我什么，而是作为一个小孩子不能没有祖母、爸、妈的害怕。

太清晰的梦已经是被意识到的梦。被意识到的梦已经是想象，而不再是我那无形的胎儿。我意识到自己的死亡已经是把死亡当作想象，所以我的害怕只能说是我的想象里的害怕，而不是我自身。

但是当我意识到整个身体破碎，我却可以感到整个轰然巨响，我的意识在纷飞，而不是凝聚在理智或亲密关系的失散里。意思说，我连想到"这是什么"都不可能，反而比较接近晕眩。即使我们可以用生理原因来说明，例如，我当时的血压可能突然下降，但并不妨碍我想对生命自身的了解，因为我身体任何器官的变化都涉及我活着的意识，我的意识正是仰赖所有的器官作用。可是，我却可以透过突然而来的梦，让我领教到生理系统如何支撑着我的意识。

感谢这个梦告诉我"活着"是什么意思。对于我或你，只不过是全人类亿万个曾经活过的人之间的一两个。我们活着的时光很短，但是有关活着的这个事实却已经几亿年了。久远以来，只要曾经活过的人都体会过活着这个事实。我们活着的个体，在有限的时光里，接受一切世界的滋养而有活着的感觉。我们都得向外在的世界求得具体的世界；可是活着自身却是"没有世界的存在"，意思说，活着的人受到眼前世界的经营而有我的世界，但是我的世界并不等于活着本身的事实。活着是人类历经千万劫不曾消失的东西，而我们意识到的活着都是以我们有限的世界而存在，并不是活着这个事实。

我只能这么说：人类的活着并不能简约地投影到我们现今活着的世界。世界如走马灯般地变化，我们只是大海里的蜉蝣，世界只是蜉蝣的世界，而活着这个事实却宛若大海。对我们蜉蝣来说，大海自身却是个令人惧怖的"无明"。人如果不转而脱离存有的巨大无明，如果不在有限的世界里行使意识，人会因为与活着最根本之处无法脱身，而出现无明的状态！因为纯粹的活着本身包容一切否定世界的实存，它没有人称的形式，就如同布朗萧在《托马斯的黑暗》所说的氛围：

> 托马斯最初感到他还能使用自己的身体，特别是眼睛；这并不是因为他看见什么东西，而是他所看的东西鄙薄他的注视，不允许他移动目光。久而久之，这就足以使他与那黑暗的一团发生关系，他模糊地感觉到这实体，并在其中漫游……他任凭那无法抵御的恐惧感征服了他。黑夜很快

变得比任何其他黑夜更加黑暗、更加可怕，就好像它真正从不再被思想的伤口中走出来……这就是黑夜本身。制造黑暗的想象图像淹没了他，而被改变成恶魔精神的身体努力想把这些图像表现出来。他什么也看不见……他的眼睛对自己毫无用处……他任凭黑暗侵入他的身体深处……他把使他看不见的东西看成为一种对象。（引自杜小真《勒维纳斯》，28—29页）

这中性的、无意义的、无明的"活着"极其可怕，它之所以可怕即在于：它其实就是对无意义的体验本身。"活着"的无人称性吞噬我的意识，意识于是被剥夺了个性。要同"活着"相抗衡，我们只有向着外在世界逃开。

就像法国哲学家勒维纳斯说的：人朝向外在的世界作为活着的人，而使人在世间形成"另一种活着"。这并不是指人心外逸，被外在事物所豢养，而是一种作为人活着的基础。人逃离无明的"活着"是人对自己生存的救赎，就如同闭锁在无明的黑暗当中，他人的来临宛如来到存有黑暗的斗室敲门，在门打开的那一刹那，人有了"悦"（enjoyment）。

从跌落山谷的梦中醒来，睁眼的那一刹那，就好像黑暗斗室的门忽然打开，我们有了世界，而余悸犹存。身体破碎之梦揭示我无明的存在，我可以感到自己曾经返归自己未曾察觉的深底里。我感到战栗与毛骨悚然的幸福。

日本古典文学大师芭蕉在生前最后一次的旅行，写了一首辞世诗："旅中罹病忽入梦，孤寂飘零荒野行。"在我看来，人只有忘掉他的身世，才能看见梦。如果形体是个羁绊，梦总是碰到身体的羁绊而被发现的。

梦见一个不认识的女人，
却直直地把她当妻子

在梦里，我与妻子坐在屋子里聊天，外边是和室的纸门窗，小小的庭园散发着绿色植物的风味。醒来之后，我才发现那个与我聊天的女人并不是我的妻子，我却在梦里从不怀疑她不是我的妻子。我不断纳闷地想，为什么我从来没有在梦里有丝毫的疑问？那般真确地把她看作妻子，而在现实里我从来没有见过这个女人。我并不想以"前世夙缘"将这个疑惑封口，而是从而发现陌生的自己：我的确感受到那个女人的亲切，以及我毫无抗拒地面对着她，她的形体并没有让我陌生，我好像直直地穿过她的脸庞，抵达一个叫作"我的妻子"的氛围。我闲闲地坐在和室的榻榻米上，就像在家里。我在现实里与妻子在一起无数的时光，当然也有着一股安然的亲切。

直到梦醒，我的思维开始活动，我辨识出来梦里那女人的形体不是我的妻子，方才惊讶起来。那是一份只有我与妻子在一起才有的亲切，在梦里没有选择地出现，难道是我今生与妻子的夙缘在梦里出现？或者说，我在这个世界活下去的样子从来没有被我认识到，而在梦里，这份凤缘就不期然地被看到？但是，如果不是后来发觉那梦中的女人不是我的妻子，我会浑然不觉地把这梦略掉，因为我活着的样子自己看不见，只有这样的异象或意外，让我警觉到。

这个梦向我显示的凤缘正是我自己。在这一生里，不管个人的际遇如何，我总是把际遇给我的种种吸纳到我自身里头。被吸纳的东西我无法感觉到，因为那就是自己的全部。我无法看到我的全部，就如同我无法直接用眼睛看到眼睛。我际遇的全部形成我的凤缘。

那么我这一切作为自己的今生凤缘与梦境有着什么关系？是梦境像镜子般地向我显示我的凤缘吗？我想不是。我意外地发现自己的凤缘并非梦境告诉我的，而是醒过来的思维辨识出来的。我的梦里的亲切相待都是那么自然，我在梦里从来没有警觉到她不是我的妻子，而是醒来才依稀发现一个陌生脸孔。所以梦不是镜子，而是我自己。梦不是任何预兆或象征，而是我自身，我的家园。在梦里的走动，不是到陌生地的旅游，而是在自家角落里摸索。

然而，在自家园子里，梦何如似幽影袭来？难道说，在我自家的意识里有个我从未明白的暗影在我的眼底闪过，而我所有对世间的意会正是那个垫在底层的东西？我之所以与妻子的亲切，难道都是来自那闪过的暗影，而不是我张眼在光线底下清晰地看到的妻子吗？难道我不是因为我的妻子历历在目的身影而认识她吗？

我想生命里头有些东西正在暗度陈仓，不知不觉地筑起底层。我与妻子朝夕的相处正逐渐渗透到底层，成为我不知不觉的夙缘。谈恋爱也许就是探底吧。有时候底层筑得不够好，男女就要分手。

　　但是，如果硬是要把这个叫作潜意识的夙缘搬到台面，用语言说是"信任"或是"爱情"，恐怕就要大打折扣了。在语言说不尽之处，我们有梦。

　　那么我们是不是要听弗洛伊德的话，说潜意识的梦是我们压抑的欲望？在我看来，没有必要。梦不是病症，也不是难以实现的欲望，而是一种浑然的自己。梦与黑夜是在一起的，所以梦里的人影总是有感觉却不清晰。晃动的人影总是无由地出现，瞬乎来瞬乎去，不必讲原因，也不必作交代。

　　在我看来，梦依旧透露着某种讯息，但不是用思维去问它，而是梦本身乃是自我的启蒙，对我们的现实生活进行底层的工作。但是又不是那种算命、解析的方式，反而更接近我们的新陈代谢：新旧的精神体交互地运行在我们的心灵。而梦如海浪，一个浪头打过来，又复归于海水，但是只要我们还活着，新的浪头又蜂拥而上，我们在梦里感受到潮声。我所有的梦就是我所有的孤独：我们从来未曾如此孤独寂寞，即使梦里有无数的人影，我依旧是梦里唯一的人。

告别肤浅沉重的年代

我有充分的理由相信，
在每一个文化里都有着心理治疗的因子，
它深埋在俗世生活中，其神圣性往往被遮蔽，
只露出表面被视为愚蠢的东西。

　　师傅，我终于得到自由，自由到想哭的地步。

　　有时候我随风轮转，又有时候像无所不在，仿佛是一个过分睡眠之后伸一个长长的懒腰，就如灰烟一样散了。我的记忆以及记忆中的血腥都远了。可是我多么空漠啊！如果我因为感觉灵魂重要而抛弃不合适的肉身如一件衣服，我希望有一个我所期待的归宿。（奚淞，《封神榜里的哪咤》）

电子盒里的轻浮

　　一九九八年岁末，回首一望，我见着过去一年，从政治人物到爱情，透过大众媒体的转化，一切事物变得毫不

庄重，甚至人们赖以维生的金钱生活也轻浮起来。对这种种迹象，我们必须寻找一条得以自我庄重的道路。

庄重与虔敬的心情并不是要对抗肤浅玩乐的世界，它要的是在电子媒体的动荡里取得一个位置，让人们行走的时候知道是用自己的脚走路，而非沿着大哥大的无线电波飘荡，切实走到一个地方与朋友见面，而非透过电子邮件传递轻薄的问候。人际关系因电子媒体而膨胀，我们以为从电话里"见到了朋友"，从电子信箱里"与朋友谈了话"，以为透过网络留言"管到了国家大事"。我们以为系住了所有的关系，但却依旧在电子盒里头，未曾走出一步。

我相信后现代的轻浮只是一种掩饰沉重心情的虚饰物。如果我们从电视盒大量得到关于这世界的印象，那么我们的知觉必然是被严重扭曲的。我们并不需要透过媒体以意识自身，也没有理由透过媒体认识世界。反之，我们需要的是，经由我们身边的世界，更庄重地认识自己。

所有的荣耀归于口水

事情变得陌生，尊严与荣耀像是得了失心疯一般，缺乏一种清晰与明朗。整个社会像是灵魂的拍卖场，把价格压低的一路喊下去。每个高贵的尊严在对手的眼里都成了废物，人依照自己的恶意，拍卖别人的灵魂，而那些在公众里被剖析的灵魂皆成了亡魂。一股超越真实（hyper-reality）的氛围正在成形："真实"成为口头的玩物，诺贝尔奖成为口水的玩具，那因负债而自杀的案子却给人真实的凛然。原本，我们对一切的耕耘都来自有心，有心来自血肉，血肉又复归于尘土。而今我们好像提早把整个程序做完，一下子从耕耘跳到尘土，供人在葬仪结束后议论搬弄，生产八卦。没心没血肉的八卦，不在乎地任人流传。

在这个时代，精神成为玩物，对此现象，我们必须准确地作出因应。也许有人选择跳火坑，参与精神玩物的游戏，也许有人选择避开，任凭那红尘万丈，顾自拥有自己的天地。

然而，在精神如玩物的时代，我们必须有所决断，备妥准确的自处之道。

对自己的虔诚

人只能在有限的角落生活。如果一个人能切实体认到这一点，那么他对这个世界便不会太过忧心。此外，我们也应当知道，自己的任何经验都具有独特的意味，我们总是依靠如此独特的感觉扩散到周遭。当一个人越是离开自己的核心，追求外在目标，寻求一般成功策略的公式，他的生命感就变得十分淡泊。反之，若一个人寻求的是自己最独特的感觉，且当那感觉对了，他便能提振真气，一路披星戴月追赶下去。

人们对外在的需求因为太满足而感到空虚，也因过多的选择而动弹不得。我们只有求诸自己那一点踏实的慧心，将之当作心中的明灯，忘掉街上迷离的霓虹灯，才能不落入这种空虚动弹不得的景况。我们越见需要印象派画家的心情：拒绝攀附于外在世界的形象，寻求自己生命深度的连续感，把握心中那份周圆专意的感觉，而无须由外界注入。我们也越见明白，对自己虔诚在这年代已是义无反顾的事。

一九九八年我专心地做很少的事，一是到医院做义工，学习临终的情事；一是思考人如何与去逝者在回忆里重建关系，所以对牵亡的情事也作一些现场的观察，虔诚地学习死者、家属教导我的一切。

弥留时完全的柔软

病人正要去世。记得刚入院的时候，他的女儿躲在外边哭泣。她哭，并不是为了他的病情，而是他的言语。病人的怨语往往最令家属难过。人在生龙活虎的情况下，有一股活着的霸气，生病虽会消磨霸气，但病人依然留着怨口，对家人刮刮磨磨的。我在病床前解决人间情事，有时觉得很是奇异，病人的那股霸气怎能永不喘息？社会习气怎会钻得如此深长？

尔后，病人逐渐进入弥留，人也虚弱得不再言语，他才渐生柔软的感觉。病床之前，没有骄傲，甚至连怜悯也说不上，这就是柔软。

在病床前面，我才明白，健康的人口气多半是凶悍的。

多数病人对电视里咄咄逼人的话语不再理会，只有陪伴的亲人才会专心看电视。而有时探病的人若带着社会身份进入病房，在病房里他总显得格外刺眼。

> 这里不需要亮丽，而是冬阳——软软的阳光，没有热度却有澄澄的感觉。这是很特殊的经验，我们慢慢浸淫在有灵魂的世界，对人世有着舒缓的了解，没棱没角，甚至没有内容。它无关乎悲戚或愉快，也无关乎宗教或知识，而关乎心性。（索甲仁波切，《西藏生死书》）

要求陪伴者用柔软的心性对待临终的病人并不容易。但有时陪伴者忽然有所领悟，就对着病人说起话来，态度既轻松又真挚，令人惊讶。我想，这可能是来自病人的感召。许多人都以为病人是需要帮助的人，但我发现，即将临终的病人并不需要帮助，在这样的时刻，陪伴者往往无事可做，因为他不知道病人需要什么。于是，"无事可做"便成为焦虑惶惑的束手无助。纵使病人自身有一种难解的温柔，却容易被遮盖在照顾者的焦虑心情底下。陪伴者只消微微瞥见病人那一丝柔性，便会很快安静下来，真正与病人沟通。这时的沟通不见得要说话。轻松真挚地，好似碰到生命的全部，又好似曾经携手陪伴病人走过的灾难折磨，全部都不计较了。因为走到此刻，某种神秘之门被撞开，一种遍布的宇宙天心被开启，人心蜕化。

当然，当病人去世之后，一切又仿佛被关闭起来，所谓死后哀荣的社会习气立刻笼罩，丧礼的一切——丧礼的颂词、祭拜的话语、丧乐与出殡，随又轻浮起来。

亡魂的实心

在庙里头，牵亡的师姑以附灵的样子排解一些愁肠。每当师姑离开座位，冲到阴灵的想象位置，用手作势挽着阴灵附到自己身上，未亡人的泪腺就如蓄积已久的水库，立刻红了眼框。那瞬间"回到见面"的场景，几乎把整个生命经验倾巢而出。我们得以想见，没有亡者的身影，未亡人在阳间默不作声地过日子，但心头却隐约有着几许沉重。

当这一切进行之时，天色逐渐暗了起来，我们坐在一棵大榕树下，榕树上的倦鸟纷纷归巢，树叶飘动，鸟声嘈嘈切切，几乎掩盖了牵亡师姑的声音。师姑把头凑近未亡人的耳旁，小声说话。整个景象带有一种家园的乐趣。

数月前，电视播出老师姑对林翠的牵魂，惹来新闻局警告。老师姑对这种事不太清楚，她只是坚定地说："我不作假，我从三十五岁被母娘指定要作牵亡，我就跟她说，我不作假，我只能依照我看到的东西说真心话。"牵亡仪式的开头是这样的：老师姑坐在地藏王菩萨的前面，手上捏着未亡人填的单子，低头冥想，用灵视看亡魂来了没有，一旦来了，亡魂就问她话，问说有谁来了。其实师姑召唤亡魂时所说的话并不重要，重要的是师姑让亡魂上身后，家人那句"你过得好不好?"才是牵亡过程中最具重量的话语。

虽然死者的身体已经化为灰烬或泥土,他还是被活着的人用意识拉回来,在记忆空间里锻炼活人的心情。在这份心情里,活着的人仿佛对亡故的亲人说:"我们曾经共有的家,在你离去后已经毁败,然而那在记忆里与你共筑的'家'却随着岁月愈见坚实起来。"原来,尚活者在牵亡过程中苦苦欲建立的东西,竟是与彼岸的联系。师姑在亡灵附身之后,以亡灵的身份叫唤家属的名字,家属随后应之以"你过得好不好?"这样的话,在这生死重建的时刻,家人的泪水冲上来,生前的恩怨倏乎一笔勾销。牵亡进行到此,已完成活着的人最深刻的心理治疗。

放弃多年的心理治疗一下子又回来了。我有充分的理由相信,在每一个文化里都有着心理治疗的因子,它深埋在俗世生活中,其神圣性往往被遮蔽,只露出表面被视为愚蠢的东西。许多伟大的社会学者,如韦伯、涂尔干、齐梅尔,都曾点出俗世生活中的宗教感。人们对这类经验,早就有所认识,但却始终说不上来,因而使其长久背负社会污名。

见到来年的天日

我相信很多人与我有类似的感受,我们并不知道千禧年意味着什么,我们只是在身体还活着的恩典里过日子;我们只知道在二十世纪的最终年头,人类的精神一点也不高贵。这样的明白到底是觉醒,还是人类对自己的破坏?我们不知道,对此深究也没有多大意义。然而,有一点清

楚的是，如果希冀告别肤浅沉重的年代，我们必须求助于
一种从未有过的个人主义，沉潜地挖掘我们未曾深思的个
人精神，进行自我的织锦，并将之当作自己的依靠。我们
必须将自身经验的真实，配以自我珍视的价值感，沁入心
灵，如此才能仰头望见来年的天日。

千禧年的无限长河

"本心"是一种非常基本的感受，
它可以统驭个人所做的任何事，也就是说，
本心有一股安定的力量，
可将所有事物连结起来。

千禧年，意味着我们的时间短暂，宇宙洪荒长久。

与宇宙洪荒相较，一千年算不了什么，可是若与人的历史相较，千禧年又太长了。不说千年，即使是百年，对人类而言都嫌过长。领悟这点之后，才让我们警觉：我们不过是恰巧遇见千禧年的短命人。

作为一个心理学家，我认为当代人最大的成就在于掌握了意识。这么说并非因为我认为人类的智能发达，而是诸多受苦经验所得的觉醒使然。我虽然不常接个案，但我经常从受苦的朋友那里获得修炼的信息。在我看来，真正的受苦者并不是可怜的人，反之，他们是某种接近醒觉的人。从受苦者身上，我愈来愈能看到迷惘人与清醒人之间的区别。

此种区别倒不是传统所言圣人与俗人的分野，而是意指一个人意识掌握的程度。清醒的人往往是走过阴霾的人，他们并非已然超凡入圣。更贴切的说法是，清醒之人仿佛领悟到一种难以言喻的意识状态，并碰触本心。

本心透亮，
看见"社会自我"的无常

这种本心可说是自己的密契感，清醒者好像找到一种跟真心很贴的东西，因而不会被自己的社会角色缠绕，被"社会自我"愚弄得团团转。这些清醒人并不是没有社会角色，也不是没有世俗的情事缠身，只不过是他们的社会自我被削成薄如蝉翼的一层薄膜。而本心的爱与慈悲便透过那蝉一般的薄膜渗出光芒，与清醒者相处的人看不见他的社会角色，只见他的本心在那儿运转。反之，迷惘的人本心如暗室，完全透不出光芒，其社会自我却厚如油污，一股社会自我的习气如黑气般袭人。迷惘者才是可怜人，亦是精神的瘫痪者。

我相信这种精神的区辨是一千年来，人类对自我意识掌握的重要契机。中国自宋元明清以降，许多精神工作者百般追索的精神领域正在此处。以往人们经常用道德的观点区分君子小人，我认为这种区分方式并不恰当，因它只能发挥社会标签的效应。几经精神史的变迁，我们逐渐懂得区分本心与自我，并且能够将自我密契到本心，这是人类非凡的精神成就。

　　精神史如此的变迁并非凭空而来。我相信后工业时代的种种现象是孕生这种精神的出处。首先，金钱统一了世界，使社会阶层在唯钱是问的基础上，打翻了社会自我的高贵性，人们只求有钱，并不羡慕高官，这使得平民的精神获得伸张。另一方面，金钱又与衣食无虞有关，衣食无虞的人有余裕可以玩金，而不必然受制于金钱。金钱跟一切事物一样，流向不定，无固定居所，因而使人受苦。珍贵者反而是本心，因为本心所产生的意义更容易令人满意。看准这点，我们便也了解：社会自我的无常，不如本心重要。当社会自我发动时，清醒人也会糊里糊涂地卷入是非，而且"干己即乱"。当削薄社会自我，让本心的光芒穿透，苦恼才会断头。这在世界末获得人们欢迎的思想，是陆九渊心学与王阳明心学的主题。

　　陆王心学在明清时代并不发达，读书人虽然受到感召，但只能在名节的框框内打转。此外，一般人对心学所赋予精神史的意义并不太理会，总觉得心学"袖手谈心性"太迂腐，心学于是沉寂甚久。我之所以领会心学与"清醒"的关联，并非来自于自省，而是来自与临终者的共处。

临终的微笑，
是启示，是本心的慈悲

　　临终照顾是后现代的产物。作为临终陪伴的义工，我总是听从索甲仁波切的话，以一种宁静的态度与病人相处。即将临终的病人，除了喘气，我们彼此无法言谈。在这种情况下，我总是以一种超乎寻常的专心看着病人的脸。

任何一个临终病人，尽管他的社会自我曾有过许多作为，在此时那些作为几乎消退殆尽，任何罪孽或任何功德，都不会残留在临终那一刻。此外，临终者些许的微笑，使我警觉到那是多么灿烂的时刻。如果这是临终者最后的启示，那一定是本心慈悲所给出的。

从那时起，我开始了解社会自我与本心两者是可以区辨的。此外，我面临一项艰巨的工作：我不得不思索，人如何从本心之中再度成长，而不是设法增厚社会自我的甲胄。

本心是一种非常基本的感受，它可以统驭个人所做的任何事，也就是说，本心有一股安定的力量，这股力量可将所有的事物连结起来。而连结之所以成功，并不是处世手腕高明所致。成功链接的启动者是本心的密码。我相信，人会随着事物天旋地转，往往是因为罹患失心疯。

一个禅师说："如果化得一顿好饭，就吃了；如果化不到，就饿一顿；如果得了病，就善尽诊疗；如果好不了，那么就提醒自己，死亡是自然的事。"这话完全出自存有，而非社会自我。我们当然不会低估物质的价值，也不会忽视照顾身体的需要，但是我们更需要安定的力量，这力量远超过自我，它就是存有的力量。

存有的力量不需依靠社会权势而存在，相反地，它全然从个人的洞察与体悟发出。这就是为什么我特别珍视受苦经验。我相信存有的洞察不是安稳地坐在家里读报纸就想得到的，也不是在冷气房里听演讲听到的，而是必得自己走出去才领受得到。让外在的暴风雨侵袭自身，人才会渴望重心；只有相信自己快疯了，才会渴望安定的力量。

一般人往往错认事实，而精神病患却可获得本心。某日，我的研究生告诉我一段故事：他照顾的一位慢性精神病患经常哭泣，因为想念亲生母亲。该病患表示，她被养母从亲生母亲身旁抱走，所以看不到亲生妈妈。说着说着，便从身上掏出一张老旧的初中生照片，照片中人显然是她自己，可是她却指着说是妈妈。我们知道这是她编造的，但她为什么要编造？

一般来说，慢性精神病患每天承受神经生理的苦痛，生命颇为颠沛流离，如同失根的兰花，有时连身体也不能保证一个稳定的世界。在那位研究生的描述中，我仿佛看到这样一个女子，借由对"亲生"妈妈的寻觅，她发现一个着地点。"亲生"两个字的出现，对一个飘荡的人来说，就好像一块陆地，一个可以把自己稳定的处所。她哭泣着要亲生妈妈，其实是对自己的召唤，想召唤自己一个稳定的神。然而身旁的人不明就理，每当她哭泣的时候，就跑到护理人员那儿寻求协助，让护理人员以"病状"来处理之。在我看来，这个病人在冷淡的世界里创造出温暖的小地盘，她的失根感因此有了救赎。可是一般人对此现象却看不真切。

如何看得真切？哈佛大学医学院心理学家杰克·安格尔说："你必须先做某人，然后什么人都不是。"（You must be somebody before you can be nobody. 取自李孟浩所译安氏的文章《心理治疗和冥想的治疗目标》。出处来自肯·威尔伯等编的《意识的系谱》。）换句话说，你必须先穿紧身衣（做社会的自我），然后再将之卸除。一般人都以为，自我满全就够了，可是很少人知道，真正满全的人恰好是脱掉自我满全的蜕皮人。也就是说，我们需要在扮演完某人之后，全然不再做某人，羽蜕成没有自我的人。我相信死亡是最后的试炼。如果一个人不能通过死亡这一关，他大概从来没有满全过。因为真正的满全是无限：对他人无限慈悲；对神无限敬畏；对自然无限卑微；对大地无限崇敬；唯有如此，人们才能望见千禧年的无限长河。

宇宙天心

人类心中有一块清净无垢之地，
逆着达尔文的思考路径，
倒溯向远古的神灵世界。
巫师和乩童，以及我们虔诚惶恐的祖先，
都曾在宇宙中经历这场奇异的，幽灵起舞的秘境。

在叩向无知之处时，我们若只是谦虚，学孔子的"不知生，焉知死"，或"敬鬼神而远之"的态度，其实是失掉许多将自身投掷到生命更广袤视野的机会。

生死也罢，鬼神也罢，我们若只有狭隘的现世观，这些事物只不过是无稽之谈。当我听人们说"钱最重要"时，我感到一股束缚的压迫感袭来；我们当然不会否认现实的一切，但我们却可以不仅仅是这样的活着。如果生命的过程是发展心灵的领域，那么无知之处恰好是我们叩问复归生命底层无垢处的地方。

复归生命底层无垢处

接触到我们无知之处的又恰好是"宇宙感"。我相信每个人都会有某种跌落到宇宙感的经验，却不曾意识到那样的时刻对自己有多么重要，反而汲汲营营于琐碎的事情。这句话说得很重，但我愈来愈感到它的深切。

迄今在人类的发展史中，全世界依旧有一种叫作"萨满"（shamanism）的生活。"萨满"原本是人类探究生命起源处的生活方式，后来被狭义的界定为一种宗教、一种巫师；然而，人类意识到自身的同时，他也意识到生命之道（life-way）。

所有在原初人类所意识的生命之道都可说是"萨满"：人意识到投身于世的愉悦与痛苦，对现实之外的世界有浩瀚的观想，在所有的观想里，我们把生命投注在一种叫作"宇宙"的想象里。并不是所有人都会有"宇宙"的感觉，因为它不是来自感官，而是来自人生命的秘境——不管世界借着登月的航天员或观星象的人，借着萨满的受苦经验，借着"他带领着我走过死荫的山谷"的死亡譬喻。我们在神人之间活着，聆听鬼故事里的阴森，我们本来无一物，何以惹尘惹埃活在人鬼之间。

本来无一物，何以惹尘埃

所有这样的经验都意味着自身的生命活在某种浩瀚的

时空底下，那不是把现实延伸到别的地方，而是把现实的界线打破；现实不再是眼前的现实，不再是人间事所捆绑的活着，而是"入神"——在里头我们怔忡，我们赞叹，犹如置身于无垠的瀑布之前。

萨满的生活创造了一个"入神"的领域，叫作"圣地"。至今，许多宗教都保持"圣地"的领域，但民间即使不用"圣地"的称名，也都保持圣地的意涵：让自己有一个干净光洁的地方，或干净无垢的心情。一般人在还没有开发宇宙感的领域之前，只能简约地领略到宗教殿堂的清静舒畅，但对曾经"入神"的人来说，"圣地"是宇宙的殿堂，直接对着无涯的众神开放。所谓的"神"并不是图像，也不是称名，而是奥秘自身。所谓"清静无垢"，并不是肮脏的反义词，而是广大无沾染的虚空。这样的处所才是"神圣"的居处。

萨满追溯原始灵通

于是，萨满正是人神的中介。人并不是自己无端地发现了"神"，而是他的受苦使他愿意自降到"原生层"，恢复到"父母未生我，我是何人"的处境，这个处境的妙处在于他复归于"与普遍生命再次结合"，万物有灵。

然而，万物有灵论常被误解为原始的心灵，以为只有愚夫愚妇才会拜树头，低级宗教才会崇拜石头。萨满追求生命根源的心情，至今未曾改变，未曾须臾消失，不但在最普通的生活出现，也在任何心生"宇宙感"时出现。

所谓日常生活的"宇宙感"，一时也说不尽，不如慢慢说起。宇宙感的出现并不是要凭空浪漫我们的心情，而是为了我们在坐卧之间所及宇宙的一切。宇宙并不是从虚空里出现的，而是在某些情境里就会升起，尤其夜里坐在山上的心情恐怕最接近宇宙，因为与现实有了脱离的机会，而以另一种心情接受某种更原始的境遇——一种人在精神"根源处"的生活。无聊的工业社会生活把我们带入遗忘之境，简单的饮食生活（快餐、便餐）、简单的休闲生活（看风景、看电视），以及在纸上作业的办公生活，都遗忘了人与自然丰盈的互动。

和宇宙未知处照面

在人未知的领域有一股庞然的暗影，就如同我们置身于黑色森林之中。这种象征性的身处森林并不仅仅是比喻，而是由于人在自然之中的直接感受：每到深秋，灰色天空底下的树木给我们萧瑟感，当我们沿着暗淡的光线捕捉到褐色的树，在粗糙的树皮间隙有一条条细纹，里头有些看不见的黑暗，静静地铺陈在灰色的天空；草木静静地在风中摇曳，我们活在一种重新要与它融合的渴望。

就像那一天晚上我与"白鼻心"对望的时候，我发现它在我心里的奥秘。我住在台北近郊的山上公寓，恰好挨着溪边的小山丘。"白鼻心"是一只果子狸，不时到公寓里觅食。我看见它的时候，它正好沿着壁栏走过来，不期然地看着我。我们都在惊讶中注视着彼此几秒钟，才各自"逃开"。

当晚，我坐在院子听雨声。我心里依旧想着与"白鼻心"互相注视的那一刻。白天我在研究室工作，整个工作的环境完全与大自然隔绝，冷气、窗帘与计算机环绕在我的身旁，充其量能从音响里听到一些音乐；整个生活虚掩在物质里头。我并不责怪自己的现代处境，我也没有能力或意愿回到原始的生活，可是我依稀知道有一种庞然的力量一直被现代的文化生活遮盖住，那股力量却依旧没有消失。

宗教神话归根复命

我们的祖先曾经用宗教仪式与这股力量联系着。在我祖父那时候，他们有更多的机会在土地上行走，让风雨打在身上。记得有一次下大雨，六岁的我躲在祖母家的厨房，看着大雨在屋外淅沥淅沥地下着，突然一阵人声，几个大人从外边进来，竹篓子里有一大堆蚱蜢。

大人在厨房烤着蚱蜢，我被怂恿着尝试吃蚱蜢。真正让我印象深刻的是雨声底下沸腾的声音。众人的声音在大雨之中，这里有着自然的声音与人共处一块。

人类建立的朝代毁了，就不再建立，但是宗教、仪式、艺术与神话却鲜少被毁掉，人们总是不断地建立它们，以不同的形式作尝试；若然，人必须有某种觉知来自他与宇宙之间的联系，当他活着的时候，这种觉知成为他一生不自觉的努力，就像德国哲学家谢林所说的：

> 　　在神话的过程，人所应付的不是物，而是那些源自人的意识自身支配他的力量……人就是借助了这些力量假定了神。（谢林的《神话哲学导论》，引自卡西勒《神话的思维》）

成功是奉献的副产品

　　人类对宗教、艺术的向往不是来自幻觉，也不是虚幻的追求，甚至它们是我们还肯活下去的根本原因。我们接受功能论者的观点，以为人活着是为了某种重要的原因，像功成名就、飞黄腾达，其实这样的说法才是幻觉。把目标锁定在成功，越是以成功为职志，你越可能失去成功的机会。

　　成功就像快乐，它不是被追求的，它只能在一个人献身于某种高于自身的职志上，成功才会像副产品一样伴随出现。会这样说，实在是生活里的事物不是"我想要就要"那样单纯的。

　　生活最令人恐惧的就在于它从来不让人在概念里捕捉它，它的真正力量就在人尚未意识到的时候便出现它的影响。人永远只能在事后的回溯里才意会到生活"曾经"是什么样子。于是现象学者说，人在生活中有个叫作"前理解"或"先验"的东西，人运用他的"前理解"来理解生活，却不知自己早就活在"前理解"里头。

祭典的"活泉"来自生活

然而，"前理解"却不能掉落在概念里头，它必须保持在某种仿佛的意味里头。就像祭神的仪式，当人们想去了解祭神的意义，而从祭典的各种符号、程序或说明来了解，犹如缘木求鱼，各种概念的析辨只是把祭典的"活泉"阻断掉。祭典就是生活，任何象征性的活动若是仅仅当作象征，祭典就沦落到一种说明，人就远离了祭典本身，就像心理学家把人们的生活化约到某种概念一样地取消了生活，生活成了木乃伊。

即使像我们在沙土上画图当作消遣活动，也充满了生活的根本性。"那些伴随我旅行的土人，在晚间最心爱的消遣，就是在沙土上描绘各种动物和狩猎生活的场面。"十九世纪的一个旅行家写道。旅行家经过一个非洲的森林，雇用了当地的土人。旅行家看着土人在地面上的画，使他记起祖先们在洞穴里作画。有一天，他在巴西一条河的沙岸上看到土人画了一种鱼，他就叫伴随的土人下网捞鱼，他们捞出几条和沙岸的画一样的鱼。在文字出现之前，人怎么"说"他看到的东西？用图画。

人喜欢把眼前的事物画下来，不是为了任何严肃的意思，而是消遣。一般把消遣看得很不庄重，可是如果不是活在"消遣"之中，人其实是不想活的。

素朴夜晚人灵交往

许多人对夜晚的生活很苦恼。上小学之后必须做功课是我第一次感到夜晚的苦恼。在还没上学之前，我的夜晚充满快乐。黄昏入夜之际，我必须洗好澡等着吃晚饭。晚饭的热闹景象是夜晚给我的第一次幸福，吃完饭后的聊天是第二次的幸福，而不知不觉地入睡则是一天最安静的幸福。自从上学之后，我必须在一边打瞌睡一边做功课之下度过，后来居然成了我成年以后的夜晚生活。虽然，都市的夜晚也有相当迷人的风情，但总不及乡间那种"人声初静"的一刻间。

在没有华灯的夜晚，某种莫名的素朴给予人类安居的享受；他们在黄昏的光亮底下吃完晚饭，夜里仅仅靠着烛火或柴火，人们就在悠远的夜、虫鸣之中入睡。许多民族的神话里，夜晚是神秘的世界，是人与精灵交往的世界。人们会这么说是因为夜赋予自然的人类一种与之交流的机会，把人世间的人为情事取消，而人融入宇宙世界。所谓"安歇"是人进入宇宙里的安身，无论如何忙碌的人都无法避免的时刻。

如果有些民族把睡眠当作与祖灵交往的时刻，我们一点也不感到意外。阿美族人过去有个习俗，午夜之后是不能回家的，必须在家外等到第一声鸡啼，因为怕把外面的恶灵带回家，骚扰了家人神秘的睡眠世界。

时尚掩蔽了本真

人把夜晚造就成一个神圣的时间，使人的每一个夜晚都有了幸福。夜晚原本是不能吵架的，吵架会冒犯夜晚的神圣，造成深刻的悲剧；夜晚是不能有怨的，有怨的夜晚会使不幸漫漫长长。夜里只能有抚慰：哄着孩儿入睡的声音、夫妻情侣恩爱的声音，都是人类的至福。

也许这是我活着的时候恰好碰上的景象，我的子孙又将碰到何种情景？我无法否认任何时代都有各自活着的意味，就像我依旧回味着在旧金山的小酒吧里的滋味。

在台湾的任何时代，都有着各自的命运，而其中我们作为现在活着的人只是在这世界现身。我们的活着是暂时的参与世界，我们与世界彼此造就着，但是当我们离开这个世界，世界依然留给下一代继续造就；任何一个活着的时代都与世界相互造就，里头没有任何惋惜。

但是在每一代的造就里，我们都发现有些东西不见了，尤其是被造就为"一时之思"的所谓"时尚"之物，往往掩盖了某些"底层"的本质事物；而这些"无知"的心思依旧在人们暗处发出一些讯息，人们捕捉不到却隐约感到它的存在，于是成为茫然的渴望。

微米经验

一个刹那，一个淡淡的留神；
无预设情境，不企求意义，
只是让经验对自己深度开放。
生命无限存在的感知，
就在最细微之处源源而生。

在生活里头，有时候会没有开始，也没有结尾的经验，这种经验很少在人的文字里留下描述，或者即使有人把这种经验说出来，也很少能够得到响应。这么说，读者也许感到茫然，不知道我在说什么。在一次旅途之中，我从日本俳句得到这样的经验，随手摘一段三行的俳句（本文所引的俳句皆摘自 Margaret "This Moment"）：

竹影
入茶室
动乎，不动乎

读这三个短句，几乎构成不了"一个经验"，甚至说只是一个影像的定格；这里头没有寓意，也没有要说明什么，既不是要说明什么，也没有要衬托什么，更没有什么禅意在其中。

但是，这样的极短经验，却是人类极为珍贵的"无限感"。所谓"无限感"，往往存在于人类的"微米"瞬间里头，尤其当这经验用文字表达的时候，更是人类思维世界的极致。

意境围堵了经验，
遮掩瞬间定格的无限感

也许，有许多人以为这就是"诗意"的经验，其实只是"貌似"，而不是"全然是"。一般而言，诗意的诗性或许有某种开展的意味，但是多数的诗无意之间都会把经验做有限的表达，诗的有限性就是在"意境"，例如，名诗人卞之琳的《断章》可以说是相当富于"意境"的诗意：

> 你在桥上看风景，
> 看风景的人在楼上看你，
> 明月装饰了你的窗子，
> 你装饰了别人的梦。

许多诗人对卞之琳的《断章》都给了极高评价；这短

短四句诗，把自己与他人之间的"互为镜像"连环地展出，果然开展了诗意，但偏偏在这诗里的"意"给了一个有框框的架子，意境围堵了经验，或者反过来说，经验只能受限于意境，无法挣脱。

这并不是说卞之琳这首诗不好，而是在于有意境的诗，遮掩了一种极端被忽略的"微米"经验——既不预设意境来围堵经验，甚至说，这样的经验不曾像意境般设定一个范围，就像物理学的微粒从来不被物体的形象所限定。"意境"是教人能够分明什么是什么，但是，一旦意境被指明出来，它就有了限制。

随便举个字来说明这一层的意思。

如果给你看一个"囍"字。这仅仅是一个字，但却圈定了一个很清楚的范围，就是"喜事"。"囍"这个字与"喜事"的意境十分贴合，因此，我们只要看到了"囍"字，它就给出有关结婚的意境。因此，我们说"囍"本身圈定了一个范围的经验。

寻常的生活经验，
却与生命须臾相依

但是，且看下面的三句诗：

雨水润湿的青苔
在茶屋的墙壁

一抹荒芜颜色

在茶屋的墙壁长着青苔，荒芜的颜色，仿佛之间，只有这么一瞥；可是若要追索它的意义，却又不可得，然而，偏偏这么一瞥就映在眼里，如滴水入海。

再看看这样的"微米"经验：

几根捻熄的烟头
交错的
平躺在烟灰缸里

通常，我们瞥见了这样的景象都是不做声，也不会用语言将它写下来，除非这个景象意味着某种"征候"——某些不寻常的事情要发生；或者意味着某种象征的意义——某种暗示的意涵在里头。

可是，如果什么都没有，没有"征候"，没有"象征"，那又是什么？一种极为寻常的经验，人活在里头毫无警觉。这就是生命里的"微米"经验。

"微米"经验无法被警觉到，但却是人的生命经验很基本的东西，往往是概念捕捉不到，而却是生命须臾相依的组成部分。我们坐在椅子上，眼睛看着东西的瞬间，都是"微米"经验。

活着是一种现身，
人在现身里"求情"

　　然而，我提出"微米"经验的存在，并不仅仅是提醒自己有关"微米"经验的事实，而是对从事人类经验研究的基本了解。

　　自从踏入心理学研究的领域，我一直受困于学术界"概念化"的限制。人文社会科学研究一直以"概念"来揭露各种人类经验，可是却被"概念"牵着鼻子走；我们以为可以用各种心理学概念说明人类经验，但这条路走下来，与人类的经验却渐行渐远，心理学家愈来愈无法碰触到人类的生活经验，有时，反而被自己创造的概念拉着团团转。

　　虽然，人类经验的故事有时也能够触动我们的心灵，但是还不够彻底。我们日常经验像生命的海洋，故事只能捕捉很小的部分，就像许多章回小说里的"一夜无语"，就把整个晚上的生命经验交代完毕。

　　但是，"微米"经验却可以保住生命的觉知。"微米"经验所展露的瞬间，恰好跟人活着的状态是一般模样：

　　　　一只蛙跳入
　　　　古老的池塘
　　　　溅水的声音

　　我们活着，其实是对眼前现身之物出现了"求情"，

－110－

而不是谋求意义。青蛙跳入池塘的溅水声，黑夜里萤火虫的闪烁，都是生命里最具体的印象，我们原本就是置身在这最具体的印象里。

> 茶屋的水壶，升起
> 沸腾的水气
> 风吹林梢

当一个人坐在茶屋，注视着眼前滚开的水壶，屋外的树叶窸窣，并不需要什么意境来形容此刻的生命经验；生命的最本体之处就是如此，既不是要赋予意义，也不是要愉悦，而是生命作为活着的本体，就是眼下的"求情"。

生命的活着，与其他的事物一样，都是一种"现身"，而人就是在"现身"里"求情"。这里的"求情"不是向某人乞求垂怜，而是对所有现身之物的乞求，但我们很少意识到这种乞求，而是把乞求当作身体的活着自身——品尝食物并不比听着风吹林梢少一点什么；眼睛看着水壶冒起的蒸汽，也不会比注视自己的儿女多一点什么。

生命里无言的时刻，
我们已沉浸在微米经验中

所有被我们意识到的"活着"都片刻一闪即过，而且往往不给我们的思虑一点反思的机会，以致我们有着"白

111

微米经验

驹过隙"的匆匆感，一片空茫。

事实上，在每一个"活着"的片刻呼吸，看到与听到的都是"微米"经验里的开放时刻，也就是说，在每个片刻的呼吸、所见所视，都是彼此的相互求情，就像我们在水中游泳，我们的身体与水相互依赖着反作用力，但每一动作并不能被视为单一的动作，因为它必须引导下一个动作；因此，每个片刻并不是自己紧紧凝聚成一个意识，反而是导向未来的时光。

唯一能够凝聚生命经验的只有语言，但是生命经验并不是被语言捕捉完全的。更确切地说，我们大部分的时间都是在"无言"之中：我们走路、看东西，都把自己浸淫在"微米"的经验当中。我们说话，是在"事情当中"说话，在"无言之中"，我们"无事"。

人类的伟大心灵往往对"无言"有很深刻的领会。不仅仅是俳句大师们，即使是以文字为业的文学家也能掌握"微米"经验的无言。

川端康成的《美丽与悲哀》里，一开始就描述着这种无言的"微米"经验：

东海道线特快车"鸽子号"的车厢，沿窗有一排五把旋椅，一边尽头的那把，随着火车的震动，自动的在静静回转。大木年雄见到了，盯着它看，一直不离开视线……大木陷身在圈椅中，望着对面旋椅中的一把在自动回转。它不是向一定的方向作同样速度的回转，有时快，有时慢，也有时停止不动，或朝着相反的方向。大木独处在车厢中，望着面前旋椅中的一把在自动回转，诱发心中的寂寞之感。

如果把单独回转的旋椅看作大木年雄心中寂寞的象征，那就错读了川端康成的心思。川端的作品常常沉迷在说不出意义的生命感，而不是为了任何修辞的美。

当我们放弃追索意义，
就能回到生命经验本身

我们的思索往往与生命经验之间有着"透明"的隔阂，一种看不见的隔阂；这个隔阂就是"意义"——思索总是不断地向生命经验讨取意义，偏偏这个索讨把生命经验远离了。最明显的例子是小说的阅读。

许多人读小说是在汲取故事情节的变化，但是故事情节往往不是生命经验，而是文字的造作。川端康成的小说往往缺乏情节，却有生命经验在其中：

　　大木年雄站在老婆婆身旁，真静哪，正说着，老婆婆说："对岸的人声很清晰地传过来哪……"

川端把深山的旅驿经验这样的描述，完全不理会故事的紧凑，而老婆婆的话就如同生命经验般的清晰。

当大木坐在旅驿的房间里，川端这样写道：

> 大木的双肘挂在炭火很旺的被炉上。传来小鸟的鸣声。卡车装木材的声音从山谷间回声过来，不知道是出山洞还是进山洞的，山阴的汽笛声，壅塞在山间，留下来悲哀的余韵。

远处的卡车声、鸟叫声都不是隐喻，也不是要为小说的情节铺陈什么伏笔，而是人在山里的居处原本就有的东西。当我们完全放弃任何情节的追索，我们即回到生命经验自身。

淡淡的留神，
反而有无限存在之感

在现世的生活里，除了在事情里头忙碌，有许多微细的经验在眼底过去。有时候，我们让这些看来毫不经意的经验，像俳句的作者一样，淡淡的留神，生命会突然以停格的方式向我们展示活着的经验，反而有着无限存在的感觉。

根据《西藏生死书》的说法，我们的生命有一种"本觉"（Rigpa），那是一种无边无际的光影，没有界限，没有意义，却是生命的基础地。在那儿，有蓝光展现我们对世间有情的爱，有红光展现我们对世间有情的恨，这些生命的本觉，原本就无始无终地在生命最根本之处，我们就活在里头。

　　"微米"经验非常接近这种"本觉"。我相信许多宗教的修行人都很明白这种生命经验。他们所谓"修行"，就是把自己习惯于居住在这样的经验之中，以便在死亡来临的时候，在这样的经验里坐化圆寂。

身坐空谷听回音

和尚在深山里，
一日又一日，一年又一年；
他们在听风声、雨声、树叶交谈的沙沙声，
他们在听腹内的黑森林的晴天霹雳声。

观自在菩萨，行深般若波罗蜜多时，照见五蕴皆空，度一切苦厄。

阅读《般若波罗蜜多心经》时，就被第一句话吸引住了："观自在菩萨，行深般若波罗蜜多时，照见五蕴皆空，度一切苦厄。"眼前出现的第一个景象是：观自在菩萨闭着眼，不知道他在做什么，神情现出微笑；突然张开眼睛，只见大地万物，一片光明，却恍若虚空，十分清明。

文字是障碍，
肉身活不出经典的字字珠玑

　　这样的景象在摄影棚里可以被制造出来，人们不以为意；若观自在菩萨在蓬莱仙岛惬意地生活着，他有着肉体，惬意是从"行深般若波罗蜜多"的珍贵时刻出现短暂的"五蕴皆空"。当他下座时，又必须面对他的肉体给他的折磨，他需要运动、觅食，需要避风寒，"五蕴"如何皆空呢？在神怪小说里，人们早就用这种景象来描绘某种神仙奇人开悟的样子，表面上想达到文字上的"实相"，可是却反而远离了文字所要祈求的。

　　这样的景象一开始就打算欺骗自己，首先骗自己有一个匿名的神佛叫做"观自在菩萨"，他不是人，所以一开始他就不在我们人间。人将他推到人都不知道的世界里，让"观自在菩萨"孤伶伶地远离人；人只是在文字上说他，说完之后，人就遗忘了他的一切。再者，人以为有一种"行深般若波罗蜜多"的秘法，使得眼睛能够"照见五蕴皆空"。于是，人们开始说明什么叫做"五蕴"，宣称它是"万有"，并引下面的经句："色即是空，空即是色"；字句轻易，人却需如爬须弥山，有着无可攀爬之处。文字给出的不是实体的东西，那是一个世界，心头会动的世界，但人依旧在肉身的状态。用肉身去攀爬文字的飘渺高峰，犹若禅宗发出的警告："文字是障碍，不要被愚弄了！"但是，"观自在菩萨，行深般若波罗蜜多"又是怎么一回事？

当《心经》提出"观自在菩萨"时，我们就得把"观自在菩萨"拉回到人间，问的话头是："行深般若波罗蜜多的是谁？"所有打禅七的人都知道，禅七的第一天就会提问一个话头："念佛的是谁？"表面上这是很无聊的问题，只要回答"是我啦！"就没事了，可是在宗教界，所有的"我"都是大问题，会生会死的"我"到底是怎么一回事？"我"从哪里来？"我"到哪里去？这是人对生生死死的大疑惑，不是一死百了可以算数的事。

我们的存在是无始无终无明的状态；
在世，不过是芸芸众生中的一个暂时

　　生死大疑会成为宗教的主题，其中涉及人间存在的奥秘。"活着"是事实，可是"不活着"又是什么？这个问题给了一个很大的陷阱，就是它勾引着人去回答，可是它原来就是不要人去回答它，因为一回答就落入"不知强要知"的假装。这个问话被提出来，是要把人的位置重新悬置到生死未决的状态，人才能了解他的"活着"不是"理所当然"的活着，而是朝向必死的道路上的活着。换言之，人的"活着"是一种悬在半路上的活着，偏偏又必须活下去，于是，"活着"便成了悬挂在空中下坠的落体，在世间有风有雨有事情之间下坠。如此一来，人对自己的存在便有了"大悲大情"——用必死的心情活着是什么样的生存样子？人在眼前有风有雨有事情的活生生之中有了绝望，绝望与活着又是如此这般的同时存在，这是人生的难堪无奈，还是生命原本的面貌？

在这里，我们又面临一个转折——我们完完全全地接受这样的活，心悦诚服地接受一切的"必然悬置状态"，我们才知道我们是以"没有脸孔"的人活着。"没有脸孔"给不出谁是"谁"——就如同出生之前没有名字、性别、形影与一切对待。当人出生后，他就急急忙忙地被安下脸孔、定下名字，给出一个有一定感觉的"我"，活在这样狭隘的"我"里头，浑然不觉。而宗教则是呼唤着这样的觉醒——回到"本来面貌"，一种原来世界的样子：没脸。

"谁"在"行深般若波罗蜜多"？观自在菩萨，观照"谁"的五蕴？没有脸的人日子是如何过的？没有脸的生活又当如何？显然，我们的生活又得重新看过。

事情给出各种乐趣，也给出各种烦恼，
我的丰富为什么不能来自我自己？

人为生存忙碌的时候，还会带着悲哀。忙碌其实是玩表面的存在——用嘴当作基隆港做吞吐的活动，虐待肠胃，厚植脑汁，其实都是空的。

想到忙碌里的悲哀，就像我在都市充满灰尘的街道，看到一株蒙尘的七里香。那不太洁白的花，使我想起小时候的七里香及柚子花。在一个月光皎洁的晚上，我突然闻到整片的七里香；那时候的农家，幸福是伴随着贫穷的，钱是被珍惜的，但花香鸟语却是生活的一部分。后来，花香鸟语卖给炒作土地的人，有了新房子、冷气及一切。最后，只能看着没有香味的电视房屋广告，花香鸟语全都在电视里。其实人并不是那么珍惜空闲。就好像对待大自然的并不是珍惜之心，而是消费大自然，利用大自然。人们"利用"事物已经成为存在的习气，并且证明是恶事。忙碌的人往往是"利用"的活动者，不管是所谓"服务者"或"被服务者"，他们都参与了"利用厚生"的活动。要人们空闲起来，并不是一件容易的事，因为人宁愿炽热地占有某物或某事，也不愿空闲下来。"空闲"并不是指没事做，也不是休闲的意思，而是一种自由地放开事务的纠缠，把自己沉没在事件尚未被制造的存在状态中——例如，静坐。

远离有事情的地方，
回到自身的空荡荡

　　静坐只是个极简单的动作，但对一般人来说，静坐五分钟却如酷刑。人在生活里有种习惯，就是把"做某事"当作存在的基本面相。人喜欢活在事件里头，不管这些事件是钓鱼、赌博、游戏或做事业；即使是所谓的"没事做"，也是在做"看电视""喝茶""看报纸""闲聊"等事。

　　人们并不能忍受真正的"无事"。如果我们把"做某事"当作生存自身，那么"无事"是会引起恐慌的。静坐是人沉到"无事"的状态，在这种状态之下，存在是沙沙作响的声音，飘忽的黑暗深海。对习惯"有事方是存在"的人来说，沉没到"无事"中，犹如处于深海的窒息感，总想赶快睁开眼睛，看看有没有事可以做。人的"有事"的存在，成为一种强迫性的冲动，不能自已。

　　静坐当然不是睡眠。相反的，静坐是到"无可张望"之处，一片无涯的存在之海。睡眠是不必张望地活在无可张望之处。"无可张望"是什么处所？在夜晚，只要有亮光，我们就有张望的能力；在完全没有亮光的晚上，以现代人来说，是电灯、电视与其他电器的光亮，让人们张望到"可张望"之处。在没有电力的晚上，人们无可张望，于是安眠；如果无法入睡，人们只能瞪视着黑暗，无事可做。这时，脑里以召唤心事的方式，重新回到"有事"的状态，人们又把握到熟悉的存在方式。

　　然而，静坐指令人们不得想事，并且不得注视张望；于是，人只能与自己的身体感觉相处。陷落在身体里，犹若沉入黑暗的水族箱，气息的声音响起，五脏的蠕动可感，肌肉的绷紧与放松喀喀作响。这与平时日用之间，身体在做事的状态完全不同——我们活在身体里头，这才发现了，身体的世界是魔法师的黑森林。

　　这座黑森林原本是我们的身家，里头有着古老的记忆，它尘封了多少人生往事，使其被斑驳的门扉挡住。曾经有个叫弗洛伊德的人突然指出它的位置。可惜，他是个病理学家，脱不掉他专业的智障，以为这片黑森林是个藏污纳垢的地方；希望借着精神分析，驱逐黑森林的鬼魅魍魉。

幸亏他的钥匙不对，不得其门而入。

走入深山，走入黑森林，
让身体懂得匮乏，
倾听内在的声音

　　耶稣与释迦牟尼却懂得，隐在深山里的大梅禅师懂得，广钦老和尚懂得，良宽和尚懂得，无数的人待在山里懂得。他们在深山旷野做什么？

　　黑森林是一片黑暗景观，在没有光线之下却生机重重。它总是沙沙作响、风吹草动，却没有文字意义的攀引，只有光影的闪烁。人在静坐之时，光影的晃动并不是让人了解什么；而是以居住黑森林的子民，漫游在身体的森林大地里。有时，我们拨开枝丫，穿梭林叶之间；有时，我们涉过浊水，听水声潺潺的流动声音；有时，我们倚靠树干岩石，稍作休憩；当然，有时未免悸动，跌落无边的山崖之下。这种种的情状，是我们作为身体自身的居住者，熟悉自身的魔法。

　　"走入旷野"是身体与外界的深刻碰触。我们询问着："人在旷野之中，以何种样态存在？"那是让身体懂得匮乏，它必须与大自然的一切碰触，才得以活下去。身体用另一种方式懂得自身：赤足走过砂砾与岩石，越过沼泽与泥土；身体在树叶之间擦身而过，受雨水的冲击与洗涤；阳光抚摸着皮肤，凉夜冷过脊柱。这些都与坐在咖啡室里，用嘴吸着塑料管灌注的红茶或眯起眼看着邻座的绅士淑女，或从音箱传来电子放大的乐声，有着截然不同的理解。

对于后者的生活，人像被转换到另一个身体的理解——一个空闲着的身体，一个被遗留在无事状态的身体，让心思逃逸到话语的活动。人在旷野必须把身体放在前面做先锋，让身体的理解做前导，人才知道下一步是什么。这样的身体是与自然在一起的身体，与阳光、雨水、空气相互照顾的身体——人居住在自然里头。

人的念头，其实是对自己存在的背叛；
修行，是在有事的人间磨炼无事的心情

森林与旷野给出无事的声息，厚重的声息从树梢的阳光进来，与身体的韵律一起呼吸。在里头的人不必注意太多的事物，他们只要有吃的东西，就完成人间所有的事物；大部分的时间，无声无息地用身体在活：疼痛的身体，静坐的身体，调息的身体，人赤裸裸地就地修行自身。此时，里头的人如果没有巨大的疑惑要问，没有"照见五蕴皆空"的观照正在进行，他一刻也待不住。

禅师通常有一个说法：禅坐必须活活泼泼，不能坐"枯禅"。南怀瑾教授在《习禅录像》里提到：

> 纵然定住，一坐能一两天不下坐，其实里面不过空架子。譬如一间房子，里面没人住，即所谓的"枯木倚寒岩，山中无暖气"是枯禅。借用

张紫阳真人的话，"鼎内若无真种子，犹将水火煮空铛。"炉火煮空锅子，干烧而已。很多修行人拼命用功，但只是干烧。

所谓"枯禅"就如同车子的空转，离合器抓不到轮轴。以修行人来说，就是心中没有"以身相许"的生死大疑。在旷野受苦的修行人，心中的大疑如影附身，未曾须臾相离。南宗禅师六祖惠能说：

> 我的身世很不幸，父亲很早就亡故，只有老母、孤儿相依为命，生活非常贫穷，每天到市场卖柴。有一天，到店里送柴，正等着算钱的时候，见一个客人诵经，我听到他念到"应无所住而生其心"时，心有所悟。

《金刚经》的字句对一般"无疑"之人，只是一段文字而已，听十遍与听一百遍，了无差别。对惠能来说，却是晴天霹雳：惠能在生活中饱受困苦，他的身体不断提醒他有关自己生存的疑惑，疑惑的世界等待着天启。"应无所住而生其心"只是一段文字，它却蕴藏着无数可能的理解，向有着大疑的人显示生命的进路。

我们阅读某本书，突然觉得光亮，心中某些阴郁的疑惑被解开了，于是我们的门被敲到了，突然有某种至福的欣喜。在这时宛如看到某些电影情节的感动一样，身体的交感神经突然被心灵唤起，被画面的情节按摩，整个身体运动起来。这是奇妙的运动，它并不是我们跑步、打球那样的肉身运动，而是由心灵来促动的身体运动，也就是人被心灵的至福感"修了身"，人把意义引进身体，给身体安了心（heart）。

困苦的人被锁在"所住"里，苦苦不能挣脱。人在困苦的时候，可能有许多挣脱的法子：有的更努力工作，脱离贫穷；有的人可能心思变得灵活，因缘际会做了大官。作为宗教修行者，惠能却等待这句话开启他的生命疑惑。"应无所住"是生命的态度，能够了然这个态度，必须是活在这个态度里头。

惠能的悟是悟在他的发现，那正是他苦苦挣扎的钥匙，活在"应无所住"，是他困苦生活的解脱之处。对他人来说，即使是出家人，也不见得能住进里头。就像黄梅五祖骂他的弟子："只求福田，不求出离生死苦海。"见了惠能，两人说了一席话，惠能告诉五祖："弟子自心常生智慧，不离自性，即是福田。"而"自性"是"菩提本无树，明镜亦非台，本来无一物，何处惹尘埃"。

后来，在六祖惠能离开黄梅五祖的晚上，五祖再度为惠能说《金刚经》，说到"应无所住而生其心"时，惠能"言下大悟，一切万法不离自性"，他告诉五祖："何期自性本清静，何期自性本不生灭，何期自性本自具足，何期自性本无动摇，何期自性能生万法。"这一连串的"何期"，把惠能心里的"所住"全点出来了——他体会的寂然安静、不生不灭、一切俱足、不受动摇，却能生出万法。

　　对活在"应无所住而生其心"的惠能来说，这些话是他从自己生存的样态说出来的话。在他的生存里，一切事物无法黏附在里头；而他以前的诸种苦头，正是把事物紧紧地黏在生命里。"应无所住"犹如一把利刃，把他世俗的生命杀得片甲不留，于是他住进了一片空宁里。

端坐在这里，
我丰富如盈盈的整片森林，如生机重重的满片天空

　　宁静就是与"空白"交往；进入"宁静"就是进入"空白"而不焦虑。然而，我们真正的困难是：什么是"空白"？我们习惯认识事物，又完全忽视"空白"，因为我们从来不认识它，以为它完全不存在，等到我们陷入"空白"，却立即引起恐慌，急急忙忙地逃避（再找个事做吧！）。从来未曾真正地住在里头，所以没有得到宁静。可是，真正的问题是：我们如何认识"空白"？当我们凝视着一张白纸，没有写进去任何字，因此没有阅读发生。这样的无字状态，就不需要用"阅读"去应答它，人会很快地离开这样的注视，而当作"无事"发生。

　　然而，"空白"是"心无所住"。旷野的人没有停留的住所，连"大地为帐"的感觉都不是。没有住所就是没有依靠，何况是心灵的流离失所。对心灵来说，肉身是居住之所，耽于肉欲是居住于身的愉悦，在世的美好也是居住于世的快乐，诸事顺遂更被视为人生的至福。可是，修行人不肯住在这样的地方，他们是倒过来看人生的，也就是"由死看生"。死是没有居所的，没有居所的活着是什么样子？那是海德格所说的："掉落深渊，不再找居所保护自己之后，人出现了一个转折：没有保护里，人获得最大的保护。"这就是惠能开悟依止之处。惠能的"自性"就是"无事"的原始经验："人是没有身份的。人活在世上，是不断发明自己。人是在世事如烟之中暂时地捕获自己，把一切混沌与无形暂时地收拢过来。人在黑夜里点光，瞬即消灭；人在有事之中知道自己，事情不断，人亦随之。"

这样大开大放的态度，其实是人类最顽强的精神，人在临终能笑傲此生，就是凭借着这种态度。人在俗世的生活里，对着死亡苦苦哀求，求着生命有个永恒的居所，其实是相当无奈且低声下气的。可是，无论如何低声下气，也是枉然。修行人一开始就知道，生命的终点本来就是驱离。人与万物一样，在茫茫宇宙的生命库里时起时灭，人的现身只是因缘际会罢了。几乎每个人都知道这一回事，可是从来没有当它是这一回事地活着。

观自在菩萨，行深般若波罗蜜多时，照见五蕴皆空，度一切苦厄。

补充说明：禅宗如何看生死

虽然"生死大事"是人不能规避的大事，但人们面对生死的态度，却有很大的差别。对生命有了绝望而不想活于世的人虽然不多，但他们却是最具有决断做法的人：他们直接由生存的意识转变为死亡，往往予人最悲愤的心情。而想尽办法养生，希望能活着时少病痛，死的时候顺利离去，则是一般人最普遍的做法。

现代的思潮在生死大事上并没有太多的启示。人类很早就发现，人的活着是死亡的悬置。因此，在宗教的领域里，对活着的生活有其对策，最普遍的对策是寻找死亡归依之处，并以死亡作为回归的至福。但是，由于人在活着时，不能经历死亡，所以，他最大的问题就是去了然"活着是什么？"

与这个想法息息相关的宗教，并不热衷死后何处去的问题，而是希望在活着的时候即有所觉悟与了断。亚洲地区兴起的禅宗，即是最具代表性的思潮之一。

禅宗的生命工作是：若人在活着的时候，即能明了"活着"的整体意义，并以之为生活的依归，就可以得到"开悟"的生活。禅师们的策略是：超越"活着"的自然意义——超越人在身体欲求里的翻腾，摆脱人在事情里的沉浮，而达到一种活着的整体观照，禅师们称之为"佛性"。

"佛性"是以空无的经验为一切的根本，"应无所住而生其心"几乎说明一切，其余的说明只是脚注。但是，空无的经验却不是认知的意义，而是生活实践本身。只从字面想了悟"佛性"，几乎是不可能的事，人必须用"活在里头"的生活自身，才能算数。而其中的"大自在""大解脱"，只有活在里头的人才享受得到。

禅心无所住

梭罗曾说："看看你的心吧！
在你心中会找到过去未曾发现的一干地域。
你可以在地域中旅行一番，
并成为自己'宇宙杂志'的大家。"
这便是独行的禅师，踩踏大地时所安住的广阔之境。
禅心不执着世事，面对森罗万象，只有赞叹！

禅心是从浑然一体的主体感直接下手，用肉体的体验直接搓揉。我们的立体感是一片模糊，犹如"北风吹窗纸，南雁雪芦汀；山月苦如瘦，寒云冷欲零"的直接体验（《毒语注心经》）。日本白隐禅师这句偈，针对人的生活经验，直接揭露了禅心的本质。

禅心的当下明白，
不是对文字言词的领略，
而是对经验本身冷暖自知的明白

禅心是当下的明白，但不是对主体的明白，而是对经验自身浑然一体的明白。在《碧岩集》的第六则，须菩提与帝释天的对话，正是说明这样的明白。

> 须菩提岩中冥坐，入空三昧时，诸天雨花赞叹。尊者："雨花赞叹，复是何人？"答曰："我是帝释天。""汝何赞叹？""我重尊者，善说般若波罗密多。"尊者曰："我于般若，未尝说出一字，汝云何赞叹？"天曰："尊者无说，我乃无闻；无说无闻，是真般若。"

般若是觉醒的智能，不是对文字言词的领略。"无说无闻"是巨大的沉默与慧通。让我们的肉体在寂静之中，"入空三昧"是指进入深刻的无我。"无我"不是没有"我"，而是冥坐时，自己与万物浑然一体，不必区别我是谁，我与他人是本质地共存，拨开人我区隔的界限，我们直接与"北风""南雁""山月""寒云"相交接，在交接中触及实际，于其中求取活生生的经验，概念的明晰则在其次。

经验不是主体自身，而是主体洞烛的现象，默会灵识是经验的根本觉察，文字是其道说。默会是主体的了然，主体早就在默会之中，才是禅心。

"禅"原本是不知不识，但是，人类从来没有离开身体的知识，那是如皮肉相附的关系：知识作为语言的存在，早就是照顾身体实践的支撑者，不仅仅是形诸文字，也在话语之中。由于离不开语言之思，"禅"于是有了心智，但是这心智紧紧地依靠在身体实践之中；这与动物对世界的"本体知觉"不同："当一条狗漫步在车行道之间，它是以直觉闪避车辆；过了车道，它把头伸到树丛底下的阴影，它嗅一下，用爪子扒一下草皮，然后继续走路……"

在这"本体知觉"里，我们看不到语言的意符（符号给出的意义），等于没有人类所谓的心智或精神。但是，缺乏意符并不是人类的本性，随便否决语言为心智给出的意义，并没有为精神世界带来何等了不起的建树，相反地，人若仅仅沉沦在"本体知觉"，反而无所谓"禅心"。

禅师无法规避语言，
他们必须运用比语言更能揭露世事无常的方法
那就是禅心——"无事"的心智

真正的关键并不在对语言的否定，而是对语言的彻底了解。语言本身既是为我们开显了理解，也为我们遮蔽了悟。

把握了这个要旨，我们进一步说，即使语词消失了，也无法取消人在大地的生活。语言的理解只是造就了"世间"——人活在世上的明白，而这世间的明白都由语言所托言的事情之中给出，所以，语言是"世间的"理解。

禅师面临的问题并不是否认语言，而是否认"语言所给出的世间性"。作为"世间性"本身的语言有太多的逻辑与事物，直接从语言中汲取的事物，其实都不是禅师要的。

然而，禅师无论如何也无法规避语言，但他们必须有着比语言更能揭露"无事"状态的东西。在这样的处境之下，他们从语言自身表达的心智就是"禅心"——一种"无事"的心智。

让我们从六祖惠能的例子来看看禅心。惠能禅师是从"应无所住"来启迪禅的心智。"应无所住"的心智并不是从字句的说明，而是来自禅师生活的本质。禅师要"住"在哪里？禅师说："无所住"。禅师的"住"不是肉体的居住，也不是在话语中居住，而是"不住"——在无常之中漂泊于大地。

禅师的大地是禅师离开世间的"家"之后的"家"。世间的家，对禅师来说是遮蔽的地方。最大的遮蔽是"人与人之间的关系"，在"关系之中"，我们欢笑与悲苦，我们忙着冲和在关系里头。在关系里虽然亲情挚厚，有着世间的至情，它依旧遮蔽了大地。什么是禅师的"大地"？在大地里头，听什么是什么，做什么是什么，总是那样直接当下的明白，而不是束缚在世间的情事当中。

于是，大地就是禅师"应无所住"的地方，在那儿，一切无事。大地不是某种心情或境界，而是越过世间的一种"所在"。在这个"所在"之处，禅师既不涉入事物，也不离事物，一切随缘，即是随缘，当即放下；即是当即放下，一切漂泊。虽说人在漂泊漫游，足下却没有起念动心。在这个"所在"之处，生死大事遂成大功课。

活在"以死亡为立足点"的生活中，
就是彻底地把"生命无常"当作心之所住，安之若素

　　为何说"生死大事是大功课"？并不是禅师要超越死亡，而是要以死为立足点地活。死亡是无法超越的，相反地，活在"以死亡为立足点"的生活，就是彻底地把生命无常当作"所住"。

　　禅师们用各种人间实相来说他们的禅心："风来疏竹，风过而竹不留声；雁渡寒潭，雁去而潭不留影；故君子事来而心始现，事去而心随空。"

　　在"大地"的生活里，眼前过去的事物是本质的出现，而不是一般世间的差别理念。在世间的生活里，形体有俊丑，生活有富贵贫贱，成就有高低，事业有大小，才气有高下，一切都以差别的理念来忖度一切；然而，"大地"的生活里，人如裸体行走，片缕都是累赘，既不承担，也不排斥。在大地里，生命是不理会俊丑、贵贱的。在"生死大事"里，众生一切平等，做什么事都没有尊卑低下之分，就如同梁武帝对禅师达摩说："我建了许多寺庙，复兴了佛法，积了什么功德？"达摩一句话顶回去："并无功德"。

　　在"大地"的生活里，禅心的经验犹如"鲜活的初心"

（beginning mind）。"初心"是一种乍然初见的喜悦，是把死亡纳入怀里之后，初次张开眼睛看到的世界：

> 当我第一次看到孩子睡着的眼睛，我看到睡眠扑翅飞息在孩子的眼睛——睡眠来自何方？有个传闻说，睡眠居住在森林浓荫的仙庄，在那儿，荧光虫放着朦胧的微光；在那里，悬垂着两个迷人的羞涩花蕾。睡眠就从那儿飞来吻着孩子的眼睛。（泰戈尔《新月集》，糜文开译，三民出版社）

我不引用禅师的话，却引用泰戈尔的诗，主要是点明了一种"鲜活初心"的诗意。"初心"里的禅机正是大地的诗意。诗意从来不食人间烟火，它总是把自己与世间切断，在大地的生命里营生。例如，你知道孩子的微笑来自何处？诗人泰戈尔说："一弯新月的初生之淡光碰触着消散的秋云之边缘"，微笑就在那个碰触中；你知道微笑最初是"生出于一个露洗清晨的梦中"吗？

在人世间，生死是相隔、惊恐的；
在大地的生活里，生死是流转如云的

你知道在大地的生活里，死亡是什么吗？我再度引泰戈尔在《新月集》的诗〈终结〉：

现在是我去的时候了，妈妈，我去了。

在寂寞的黎明之鱼肚白的黑暗中，当你在床上伸出你的两臂夹抱你的孩儿，我将说："孩儿不在那里"——妈妈，我去了。

我将变成清风来抚爱你；当你沐浴时我将成水中的微波，吻着你，又吻着你。

在狂风的夜里，当雨点落在叶上起声时，你在你床上将听到我的低语，而我的笑声将跟着闪电在哭着的窗中同进你房中。

如果你想念你的孩儿而且到夜深不寐，我将从星斗中对你唱："睡吧，妈妈，睡吧。"

你睡着时，我将在流淌的月光中偷偷地来到你的床上。当你睡着了，躺在你怀抱里。

我将变成一个梦，溜进你眼睑微合的隙缝中，深入你睡眠之境；当你醒来惊恐地探视你周围，我就飞出来像闪光的萤火掠入黑暗中。

当那盛大的"普佳"节到来，邻人的孩子们都来屋子四周玩耍，我要溶化在笛的乐声中，整天在你心中震荡着。

亲爱的姨母将带着"普佳"的礼物来问："姐姐，我们的孩儿呢？"妈妈，那么你轻轻地对她说："他在我的眼睛里，他在我的身体里，我的灵魂中。"

在大地的生活里，生死是流转的；在人世间，生死是相隔的。"生死"会流转，因为禅师早就脱离人世间，已经不再活在事情里头，不必仰赖世事赋予他的生命意义，他早已看清楚人世本身就是障碍。

大地的生活与"自然"相应。相马御风说："云朵静静地飘过天空，我也该静静地活下去。"这句话是禅师们最相应于世间的真言，静静的云不给出事情，我端坐在世间，也该有坐在云里的感觉。与"自然"相应并不是抛弃文明而只做山野之人，而是重新把自己安置在自然里头——人不能规避一个事实：生存不是冲动，而是课题；生存不是自然，而是生命的历史（命运）。大地的生活与自然相应，是重新把命运交到自然的生活里，而不是仅仅回归于自然。

人们活在事情的机巧里，所以无法入诗；
诗把人世的机巧完全斩除，禅师的话语是大地的惊蛰之声

人的命运是作为人应该思考的课题，也就是对自身存在的探求。但是，人的生养过程总是在人间世，婴儿必须是"在世抚育"，孩子必须是"在世学习"，人的知识必须是"在世之知"。所有这些人间世的文明是人成长的初次经验，亦即，从严格的意义来说，人都是文明里入世的人，必须活在人间情事当中。

大地生活里的"自然"是出世间之后才看得见的处所，它常被误解成童真的生活；恰好相反，大地的生活充满的虔敬与感恩，都是来自对人的命运伤痕的悲悯。人必须体悟到自身命运的有限性。对死亡这个必然命运的彻底觉悟，而有"应无所住而生其心"的决断。

在这样的决断里，人发现大地。大地是天、地、神、人共同孕育的地方。人在天的星空之下，思及自己现实的一切；人在现实的生活不断地亵渎了大地，而有神的净化；人在大地漫游，与星空同住，成为大地的诗篇——禅心。

在五浊恶世里，人们活在事情的机巧里是无法入诗的。在近代的文明里，诗意突然消失。诗是人类存在的另一种样态，它把人世的机巧完全斩除，渴望着诗意的梦，徜徉在大地里。禅师并不要作诗，而是他的话语如诗：坚定、纯洁、淳厚与孤独；所有的诗意来自人在事情破碎之处的聆听，不再是人的风言风语，而是大地的惊蛰之声。他聆听到大地的存有，如歌的行板：

　　我原不知晓，在黎明之前我已受到你的抚触。
　　通过我的睡眠，讯息慢慢传到了我，这是泪的惊诧，我张开我的眼睛。
　　天空里似乎为我充满低语，歌声沐浴了我的四肢。
　　我的心俯伏礼拜，有如一朵负露之花，我觉到我生命的洪流冲向那无穷。
　　（泰戈尔《横渡集》，第三十八首）

对痴迷在世事里的人，泰戈尔的诗有着难以理解的莫名其妙，但对禅师们来说，泰戈尔所说的一切"恰如实在"；这不是虚拟幻境，而是大地真实的言语。

活在事情之中的我们，虚耗着精神，没有直接的生命感；禅师却全心全意活在大地漫游中，当下即是，沉默坐忘

禅师赤足走在大地，越过田野，静坐于山峦，他的行动早就是诗本身，即是田野之歌本身。把活着的生命越过世间，走向大地，并不是形式上的不食人间烟火，而是"心端坐如山，言谈默如海"，整个活着的生命以大地存有的本质现出，放大光毫，宛如太阳。

禅师会归返大地，是因为活在事情之中的存在是个假装的生命，没有直接的生命感；活在与他人关系的生命感固然美妙，依旧不能触及自我的生命。就这点来说，禅师是很"独"的，却"独"得非常实在，因为有种自我绝对的观照紧密地成为禅师"存在之眼"，使禅师能够体察真正的主体性。松原泰道说，禅师"在无人看到的地方，仍然能全心全意地尽最大的努力……不要醒目，不为人知，虽然是些微小事，只要是该做的，都规规矩矩地做好。"禅师走路，"每一步都会从脚跟上，吹起一阵凉风，这是因为对于自己'随时随地都是处在真理当中'的这个事实有了自觉，才会有这种感受。"（松原泰道《步步是道场》）禅师行动里的"独"正是诗。诗的特性就是把事情的脉络切断，诗从来不说明白的事情，它总是在眼前的直观放出一股力量，直透到生存的根柢。许多人无法读诗是因为他们理解生命的方式都是由事情的脉络下手，所以他们读懂故事小说，而人的根柢却在大地里，那正是不住在"大地"的人永远无法理解的——在"大地"里，没有精彩的故事可说，因为大地的活着不是对事情的描述，反而诸种诗意的譬喻较为切近！

　　　吾心似秋月，碧潭清皎洁（《寒山诗》）。
　　　"竹影扫阶尘不动""水流任急境常静""月穿潭底水无痕"（说明"应无所住"），三伏闭门一衲披，兼无松竹荫房廊。安禅何必须山水，灭却心头火自凉（出自杜荀鹤《题于夏日悟空上人院》，松原泰道解说是：悟空上人房间的门关着，他身上披着一件破衣，而房子并无松竹的树荫可遮凉。坐禅不需要在安静的山中或溪边，只要把那搅乱身心的精神安歇，即使是炎夏也清凉）。

　　虽说禅师们喜欢用譬喻，但却不可以拿譬喻来代表禅师的心，那只是禅师一时捕捉到的语言，虽然说是诗句，却不是诗本身，真正的诗只有在禅师的行动里头。
　　禅师在大地行走，人声、雨声、风声，阳光、月光、灯光；禅师的脚稳稳地踏着大地，脚步声在大地回响；禅师聆听一切，烛见一切，沉默坐忘。
　　当禅师沉默地坐下来，对我却如惊雷巨响，我全身颤抖，不能自已，泪水也说不尽一切。

不用算计的世界
——中国心学发微

人有恻隐之心，这使人可以援手救人，
可以成神而伟大。
这一份天赋良知，有时会在俗事浮沉之间被蒙蔽了，
或者转而作为利益交换，
使得原本绵绵无尽的初心，
在算计中，失去了人溺己溺的至情。

　　有一年，澎湖白沙乡离岛交通船"协昌号"在白沙乡
的离岛员贝屿西北海域翻覆，过往的渔船冒着海上十一级
风浪的危险，救出十四名乘客。受救乘客何进财说："在
冰冷的海水里，饥寒交迫的情况下，看到一艘艘的渔船靠
近，把落海的人员拉上来，温暖的感觉一辈子也忘不了。"
　　我相信，何进财一定对救他的人感恩，但是他那温暖
的感觉却不是一种叫作"恩"的东西，而是"感恩"："恩
的赐予"的当下感觉。这不是咬文嚼字，而是要澄清一种

感觉的状态。我们若是把何进财的话仅仅当作"恩"来说，那么我们会错失"感恩"的心情：一个对生命甚为重要的时刻。若是我们以"报恩"作为思路，我们也一样错失人类最深刻的感觉。

瞬间神

"恩的赐予"当然是在我们最需要的时刻出现，对那个赐予援手的人，我们充满感激。在古时候，这个时刻就是"神"现身的时刻，但是当事情过去之后，"神"就消失了，这就叫作"瞬间神"，也就是说在那被救起的一刹那，神恩普照，光华灿烂，但在下一瞬间就消失了。古时候并没有文字，只有发出声音的口语，所以这个瞬间出现的神并没有名称，人们只有手舞足蹈地叫着："啊！啊！嘶！嘶！"尤其是在生命危急的情况，被救的人第一次感到庞大的救助力量，这个力量来自外边，完全超乎想象的外边，我们第一次感到"他"的伟大。因此我们将外边救援的力量取了个模糊的名，那就是神（但是后来被文字所命名的神却仅仅剩下名字，那个关键时刻不再被提及，反而使得神成为偶像）。

原来的神只有伟大时刻，没有名字。如果我们回到这样的时刻，我们所感受到的"他"正是那个对我们伸出援手的"他人"，而不是后来叫神的"那个名字"。感恩的时刻正是对着"他人"，我们的温暖之情在那个时刻立即涌现，不必等待祈求之后一段时间的应验。所以在"受恩"的时刻，我们立即感受到一股"他人"的光芒，我们平时的自我私心被打破了，当下明白一个完全不用算计的世界，浩然之气充满其间。

瞬间神的化身：恻隐之心

在这里，我们不得不转入中国心学的路子。本来在瞬间出现的"神"应该引导我们进入神的世界，因为在受恩的瞬间，我们发现"他人"的伟大，并且谋思将之成为神祇。当然，民间社会果然是这么做，可是中国的读书人却不一定要这样想，因为"他人"虽然伟大，但是并不一定要高高在上，变成绝对的"神"，而是保留"他人"的人间味道。于是，中国传统的心学家就采取了一个做法，把这个"伟大"的时刻用一种人间形式将之表现出来，就是"恻隐之心"。孟子说：如果看到一个小孩在井边玩，快要掉进井里，我们会立刻救援，此时的心就是"恻隐之心"。本来，人在"受恩"的心情里，我们感受"他人"的伟大，现在孟子做了一个反转，把"他人"变成自己，于是他的问题变成"我如何成为伟大"，也就是"人如何成圣"的问题。

经过心学家这么一转，"他人"不是如何成为被崇拜的神，而是变成"我如何成为圣人"的主体修为的问题。过去受西方文化影响的人说，中国知识分子普遍缺乏宗教，他们所谓的宗教是指那种"成神"的宗教，但是若放到"瞬间感恩"源头来说，"成神"与"成圣"是两种路径，并不必然是"成神"的那种才是宗教。在成神的世界里，我们依旧在"受恩感恩"的时刻，但是"成圣"则是把自己从"感恩"拉拔出来，"使自己也能伟大"，也就是"施恩"。但是我们却不能把"恩"当作一种俗世的互相报答，还是要放在"瞬间的伟大"里来想。这个想法与宗教当然不同，但也指出一条出路。后来经过儒家的修饰，我们被导向伦理道德的方向，以为孟子的"恻隐之心，仁之端也"是指道德伦理。这个想法一直到陆九渊的心学出现，才改变了儒家的观点，把恻隐之心放回"瞬间的伟大"。

两种活着的方式

在谈到宋朝心学家陆九渊如何把"恻隐"之心放回"恩"的原点之前，我们对"恻隐之心"的想法要有较多的了解。通常我们活在世上会有两种以上的活着的方式，一种叫作"拥有"（having），一种叫作"存有"（being）。所谓"拥有"，就是把活着当作一种"取得"某种东西的活着，例如取得食物、房屋等，因为我们必须想办法保有"东西"，才能活下去。"存有"是指一种活着的滋味，一种心情。同样做一件事情，这两种意思同时存在。例如，以前述的例子来说，乘客被救难的船员救起，乘客很感恩，这个感恩的瞬间，受救的人感到"他人的伟大"，但并不一定要指认"是谁救我"，这是"存有"的恩。可是，在"拥有"

的世界观，我们由于感恩，就得指出某某人救我，于是携带礼物或感激的心情去谢谢他，这时候"恩"是人情世故的一个事情，我们感恩而致谢或报答，这时候"恩"就从"存有"转变为"拥有"。如果"恩"是不能被报答，那么"恩"就只能是一种无法报答的无尽心情，那是一种"无限的恩"；一旦"恩"是可以报答，报答之后就可以一了百了，心中的欠情就可以稍卸仔肩，因此"恩"就成为一种有限的东西：我可以只记得某人对我好，而不必老是记挂在心，不能自已。

因此我们可看出来，"恩"可以成为"有限"，也可以成为"无限"，全看我们用什么活着的方式来看。在宗教里头，"神恩"原本是不能报答的，永远要记挂在心头的。但是我们也可以将之转变成"有限"，例如用还愿的方式，为神打造金牌项链，或答应为神做事情，都是把神恩变成"物恩"，等于只要我把恩还掉了，我与神的关系就有了了结，我就脱离了与神的接触，神可以不必时时刻刻在我的心中。一般民间宗教的世俗化过程喜欢这样做，因为所谓世俗化，就是喜欢在人间过日子，一旦求神，就赶快求灵验，万一灵验了，就赶快还掉，不要老是牵扯在"不食人间烟火的渺茫之境"。

但是，宗教徒刚好相反，他们希望随时与神接触，让神活在心里，所以神恩是不能转变成可以还的东西，意思是：神恩是无限的。这种心情就叫作"存有"的恩。

生死无尽

本心所固有的良知

做这样的区别之后，我们就可以回到陆九渊的心学。恻隐之心并不是可以简化成某种东西，看着有人受难，我们于心不忍，就立即出现往救的心情，等到救完了，我们的恻隐之心又不见了，好像沉默地潜藏在良知里头，也就是心学家最常说的"未发之中"。"未发"的意思是，本来我就有的良知，只是还没有碰到被引发的情况，所以"蛰伏在心里"，在我的"本心"里头。但是，恻隐之心也会被转变成"有限"的事物，当救完人之后，让人家回报，使得恻隐之心被转变成"恩物"，那恻隐之心就会被"恩物"遮掩住，变成俗世的事情。

如何避免把"存有"的恻隐之心转变成俗世的"利益交换"，正是中国心学家艰巨的心灵改造任务，这种情形与现代的心理辅导员的训练很相似。一个心理咨询师要能有效帮助他的案主，就必须能够从"本心"出发，以人饥己饥、人溺己溺的"同理心"来对待求助的人。但是，这样的"同理心"必须以存有的方式来对待，也就是发自本心。发自本心的同理心原本就很困难，于是美国心理咨询专家就发明了一种学习同理心的训练，供辅导员训练使用。但是，有时候辅导员停留在同理心训练的技巧，以致在帮助别人的时候有些做作，反而被人怀疑"其心不诚"。西方的科学训练非常强调学习，却常忽略本心，所以心理咨询比较注意专业伦理或自我觉知，反而很少对"本心"的开发。

中国的心学家刚好相反，他们认为"本心"就是良知，但是在乌烟瘴气的人事浮沉之间被蒙蔽了。这个良知并不是道德的知识，而是人的恻隐之心，不必另外他求， 换句现代话说，就是不要被利欲熏心，要"倾听内心的声音"，或是禅宗所谓的"初心"。中国人其实相当懂得心学家在说什么，只是不喜欢他们长篇大论。从自然的恻隐之心出发，心学家要求一息一念之间都要谨守本心，不要放逸。我们也常用"拿出良心"来要求别人，懂得良心也会被狗吃掉，但是要人但能存念。这都是心学家的影响。

心学的发微

为了完成恻隐的存有，中国心学家采用"发微"，也就是把一点点的恻隐之心扩大，而且最好能够大到"充塞天地万物之间"，就像陆九渊说的："从头到脚，都是父母所赐予的，生活在天地之间，早晚时时警惕，最怕的就是做不到，这样才能做到孟子所谓的'充塞天地'。"把心体扩大，也就是像孵小鸡一样，把恻隐之心"存养"起来。表面上这种孵化的功夫很玄，但是学生在陆九渊的熏陶之下，也做得到"容礼自庄，雍雍于于"，初学的人来到陆老师的地方，看大家这样，居然也"相观而化"。相对于科学训练来说，心学发微之功既无步骤，也没有方法，哪儿来的成效？ 可是，在传统社会里有一种学习的方式一直是现代社会做不到的，那就是陶冶。

陶冶是指师生日日相习，在一起切磋，不知不觉之中学到了。传统的学习里，最有效的方法就是跟老师生活在一起，每天跟着老师说话，老师也不骛外务，专心修道。所以心学家的著作叫做"传习录"或"语录"，意思是学生把听来的师生对话记录下来，让后世知道那时候跟老师在一起说的话。也有的心学家写日记，把每天的一习之念记录下来，例如明朝心学家吴康斋在家务农，经济情况很不好，借债难还，以致起"计较之心"：

> 思债负难还，生理（活）蹇涩，未免起计较之心，徐觉计较之心起，则为学之志不能专一矣。近晚往邻仓借谷，因思旧债未还，新债又重，此生将何如也。徐又思之，须素位而行（依理而行），不必计较，"富贵不淫贫贱乐，男儿到此是豪雄"，然而此心极难，不敢不勉，贫贱能乐则富贵不淫矣！凡事须断以义，计较利害便非。夜大雨，屋漏无干处，吾意泰然。凡百皆当责己。处大事者，须深沉详察。（《吴与弼日录》）

吴康斋原本是官宦之家，但是他受到心学的感召，决心在家种田，不求做官。许多人仰慕他的道，就到他家求学，师生一起生活讲学。可是生活艰难，向人求贷。在负债之余，难免斤斤计较起来，就说了上述的话。真正的重点在于"夜大雨，屋漏无干处，吾意泰然。凡百皆当责己。处大事者，须深沉详察"。对现代企业管理的角度来看，不懂营生是要检讨的，哪儿来的"吾意泰然"？从这个观点来看，君子固穷果然无益人生。但是营生之外，心学家所要建立的是"存有"的人心，而不是抗拒俗世的营生。因此，他检讨自己为何在生活穷促的时候兴起计较心，希望能够"富贵不淫贫贱乐，男儿到此是豪雄"。心学家常说"此心极难"，要能够"深沉详察"。

台湾社会饱受"空乏其心"的苦痛，人心的肤浅往往与文化的人心深沉训练有密切关系。心学家对俗世营生并不是不了解，但是他们更了解"匮乏"的恩赐，如果他们转向神恩，就像印度文化般的出世精神，但是他们坚守人间世，从人世的匮乏看到一种需要锻炼的心。他们不善营生，被人诟病，但这实在不是他们的责任，他们站在中国文化更深刻的层面，企图将深刻的心意托显出来。他们陶冶磨炼的道场刚好就在"营生之外"；倒不是说弄得穷兮兮的才能修行，而是在"营生"之外才有道场，即使是个有钱的人，想要追求深刻的心意，也须在"匮乏"之处求道。陆九渊本人是进士，也当过官，但并不妨碍修行。

随手再举心学家吴康斋的例子。他是个穷农夫，却因为完全实现"存有"之道，死后被明朝皇帝迎进孔庙奉祀。他的修行功夫就在"主敬"，也就是在日常生活中事事诚敬：

> 人心一放，道理便失；一收，道理便在；真能主敬，自无杂虑。欲屏思虑者，皆是敬不至也。

满腔子是恻隐之心，则满身都是心也。如刺着便痛，非心而何？然须知痛是人心，恻隐是道心。天下纵有难处之事，若顺理处之，不计较利害，则本心亦自泰然；若不以义理为主，则遇难处之事，越难处矣。（《居业录》）

康斋这个"敬"字与我们平常了解的恭敬有相当的差别，送往迎来的恭敬是有虚文的成分，因为有对象的选择，而康斋的"敬"是没有对象的，你可以想象康斋蹲下来与小朋友说话的"敬"，对皇帝说话跟贩夫走卒说话没有两样。没有对象的"敬"就像恻隐之心一般，从内心的奥秘之处兴起，而奥秘之处不是什么神秘的地方，而是对方的脸：当我看到你的脸，那是不可以亵玩的脸，你的脸能够迎面向着我，即是对我的恩赐；在我活着的日子里，虽然我不是靠你营生，也可能不认识你，但是能够在奥秘的短暂时光与你见面，能够在几千几亿的片刻，我们同时活在这里，居然还能见面，真是个奇妙的机缘。这种"存有"的敬，恰似恻隐之心极为细微之处，总是在"心体"扩大之后，从细微之处发生长大。

中国人的人间修行

走神的路与走人的路是殊途同归，但论及出处，却也是一端同源，只是"殊途"。作为中国人，总是觉得母亲的文化有一股亲切之感，虽然母文化的宗教意识有点淡薄，实在是祖先把路子摆在人间道，让我们作为子孙的感染宿习的因缘。

中国心学从宋代发轫，历经八百年，其根深蒂固可说到察而不觉的地步。宋明两代亡朝之际，多少读书人殉节死难，即使在清末，心学早就不再被谈，可是碰到国难之际，心学的力量不自主地出现在知识分子的口中。清末名家魏源处在中国社会开始沉沦的时候，所提出的"心灵改革"正是心学。他有个名言：一念之中，有时是舜，有时是盗，有时是人，有时是禽兽，所以必须要"狠斗一闪念"，才能勇往直前。

即使是晚进的学人，也多少受到心学的影响。近代文豪郭沫若提到他年轻时的一个经验：

> 在一九一四年，初到日本，考进东京第一高等学校，由于过于躐等躁进，在一年级之后，得了剧度的神经衰弱症，心悸亢进，缓步徐行时，胸部也震荡作痛，几乎不能容忍。睡眠不安，一夜只能睡三四小时，睡中犹始终为恶梦所苦，记忆力几乎全部丧失，读书读到第二页已忘却了前页，甚至读到第二行已忘了前行。头脑昏聩得不堪，炽灼得如火炉一样。我因此悲观到尽头，屡屡有自杀的念头。临到这样，对于精神修养的必要呼声，才从我灵魂深处呼喊出来。一九一五年九月

中旬，我在东京买了一部《王文成公全集》来诵读，不久萌起了静坐的念头，又在坊间买了一本《冈田氏静坐法》来开始静坐，我每天清早起来静坐三十分钟，每晚临睡时也静坐三十分，每日必读《王文成公全集》十页。如此以为常，不及两礼拜功夫，我的睡眠时间渐渐延长了，梦也减少了，心悸也渐渐平复，竟能骑马竞漕。这是我身体上的功效。而我在精神上更使我彻悟了一个奇异的世界。从前在我眼前的世界只是死的平面，到了这个时候才活了起来，才成了立体，我能看出它像水晶石一样彻底玲珑。

王文成公就是王阳明，中国心学的大师，他本人就曾经在生命最艰难的时候，为了"疗自己的心"，靠着心学的领悟救了自己。中国的心学从来没有被任何中国人的心理学家研究过，从来只出现在中国哲学里，对心学的深意往往流于文字的铺陈，无法导向生命的修行。在我看来，中国社会的心理学家多少要有点宿命感，在夙昔先贤的东西基础上做点创生转化的功夫，开展心学的未来。

直落溪水
——亡朝的诗意空间

朝代多少更迭，时局无尽翻转。

随旧局俱亡，成全解脱之烈。

抱残梦相依，悠然叹白云苍狗。

千古事，寸心知。

宋元明清，国亡城破，冬青树径自花开花落。

　　生命时光何时何处感到紧迫？当然是没有时间挽救某种想象的亡局。

　　想象的亡局是什么？什么都是：个人的死亡、国破家亡、事业的破碎与恋情的不再。这些亡事只有还在想象的情况之下，人才感到生命的急迫；一旦事情已经过去了，死的死、离的离，也就没有急迫了。所以，想象的亡局仿佛是生命促动的枢机，把无所事事的生命时间推到箭弩上弓的架上，让人不得不发。

将破未破的局面，

有着最为急迫的生命感

在南宋亡国之际，贾似道弄权，文天祥上书皇帝，要求制裁贾似道，被贾似道所悉而遭辞官。天祥隐居文山，知道国势已危，"挑灯看古史，感泪纵横发"。晚上星光依旧，照在文山，他的房屋，"青山屋上、流水屋下"，夜晚的时分特别寂寥，遥想朝廷，心中却十分喧闹：

> 去年白鸟集，今年黄鹄飞。
> 昔为江上潮，今为山中云。
> 江上潮有声，山中云无情。

意思是：去年我在朝廷，一片吵杂声，国家的官员七嘴八舌地斗狠，你来我往；而现今我在山里，远离政治圈，在灯下读着史书，有一种隐约的预感，不妙的局势将来，山屋有着"山雨欲来风满楼"的颓危。

破局对朝廷中人是个生死场。尽管为亡朝自杀的人只有朝官的百分之五不到（据估计，李自成入北京，勋戚旧臣死节者约为五十人，但匍匐宫门叩头朝贺闯王的则有二三千人）。通常，王朝的生活在政治、经济制度的交织之下，官员日常习于结党跟班，自成一套生活格局，与一般升斗小民的营生截然不同，他们除了领俸交际之外，当然不事生计也不下田，而是与皇帝在一起"处理国事"。

朝臣处理国事或有忠佞之别，也有贪廉之分，不过都是在王朝生活的格局里头。一旦亡朝，等于打破了王朝生活的格局。局破，要不就死节隐遁，退出朝廷生活，要不就继续与新王朝为伍，继续列班上朝，维持"上班"的生活。一般所谓"偷生苟安"就是朝臣想维持旧习的另一种说法：人非木石能无泪，事到存亡每贰心。（明朝遗民李世雄的话，引自何冠彪，一九九三）

在破局与旧局之间有个灰色地带，也就是将破未破之际，这时候朝臣的生命感最为急迫。明朝京城破了，南都还有唐王、福王、桂王等朝廷；虽然清兵南下，迫在眉睫，君臣还是过着朝廷的生活，积习难改。福王在南京被权臣耍弄，自己也荒淫无度，捉虾蟆制作房中药，被人讥为"虾蟆天子"。桂王更是见敌就逃，害得他的大学士瞿式耜一天到晚苦劝："不要再逃了，再逃下去什么也没了"。横竖劝也白劝，最后瞿式耜也只能城破被捕而死。

在亡国之际，贤臣往往有如梦中的感觉。明太常少卿吴麟征考上进士前晚，梦见一人叉手向背吟诗：

山河破碎风飘絮，身世浮沉雨打萍。

这首诗正是文天祥的《过零丁洋》诗，莫非他梦见文天祥？在城破的前一天，他登城一望，贼兵甚众，攻城甚急，却没人敢告知崇祯皇帝。麟征心中甚急，不管一切直冲内宫。到了午门，碰到值勤的宰相魏藻德，当时魏藻德刚从皇宫与皇帝密谈出来，由于闯王要求裂地称王，崇祯犹豫不决，魏藻德又一句话也不说，皇帝踢翻了龙椅，魏藻德只好出宫。麟征急着要找皇帝，魏藻德骗他说："大司马已四面调发，此时兵饷皆足，你何必呢？皇帝现在心里很烦，你就别对他乱说什么了。"麟征一听，号啕大哭，泪滴阶石，仿佛当年梦中的景象。这场破梦就这样实现了，麟征只好自杀。

死节的朝臣通常会提到报答"君恩"。"君臣之义"是王朝生活的核心，也是朝臣赖以为生的基本精神。里头的"破局"诗意表现在一首绝命诗：

> 生为大明之臣，死为大明之鬼。笑指白云深处，萧然一无所累。

"笑指""萧然"都是对破局的解脱，与时局共亡。时间的急迫也终结了。

遗年憾事，哭泣的现场

据钱钟书说，宋臣汪元量是供奉内廷的琴瑟音乐家，也是能谱曲的艺术家，他一直在宫廷内与谢太后相处。元量在朝破的当时，人在现场，他写了一首《醉歌》，把现场处境以憾事的心情写下来：

淮襄州郡尽归降，鼙鼓喧天入古杭。国母已
无心听政，书生空有泪成行。

六宫宫女泪涟涟，事主谁知不尽年。太后传
宣许降国，伯颜丞相到帘前。

乱点连声杀六更，荧荧庭燎待天明。侍臣已
写归降表，"臣妾"金（签）名"谢道清"。

这首记事诗几乎可说是一首亡朝现场的史诗。德佑二
年春天，宋朝的六岁小皇帝刚即位，元兵在丞相伯颜统帅
之下，直逼首都杭州。整个宋宫廷都是孤儿寡母，小皇帝
的妈妈听政，而谢道清是小皇帝的祖母，伯颜向她索取"手
诏"，她也就给了，元量在另一首诗也提到"夜来闻太母，
已自纳降笺"。（见钱钟书《宋词选注》355 至 359 页，台北，
书林。）在一二七六年正月十三日，元兵已经攻破了江南，
当时在杭州的宫廷闻说元兵已到临安东北的皋亭山，元量
在《湖州歌》写道："皋亭山上青烟起，宰执（执政的官员）
相看似醉酣"，几经商议，不知死活，还要"遣使皋亭慰
伯颜"，就是议和。满朝文武除此之外，无计可施，"殿
上群臣默无言"。结果伯颜攻进宫廷，只见孤儿寡母在珠
帘里，看着满脸胡子的元兵"万骑虬须绕殿前"。

元朝来到宫廷，把三宫俘虏到北方，元量也跟去。他
的眼睛看着小皇帝谢了元帝不杀之恩，走出皇宫，只见元
兵在道上两旁，小皇帝的红袍子在元兵的旗帜兵马之间缓
缓移动，显得十分渺小。上了船，吴山慢慢远去。对元量

来说，吴山是宋王朝的乡愁，当年宋王朝总是在吴山摆席宴群臣，漂亮的宫女捧着玉盘，莲步轻移，满园欢笑的声音，看在元量的心头仿佛梦中：

> 昔梦吴山列御筵，三千宫女烛金莲；而今莫
> 说梦中梦，梦里吴山只自怜。（《越州歌》）

真有"大江东去水悠悠"之感。

文天祥也在后来一起被送到燕京，汪元量在文天祥尚未被杀的一个中秋，获准到牢里看天祥，元量拿了琴做《胡笳十八拍》。琴声之间，元量想起当年"淮襄州郡尽归降，书生空有泪成行"，文天祥则"年过半百不称意，此曲哀怨何时终"，自称"浮休道人"。琴罢，元量要天祥赋一手胡笳诗，但是仓促之间，天祥没有写完。过了中秋后一个月，元量又来囚室，当时天祥在狱中没事，终日念诵杜甫的诗，将最有感觉的部分挑出来，辑成二百首，请元量想办法出书。元量的《十八拍》经天祥作词，声音与文字共营了宋朝憾事：

> 昏王室，天地惨惨无颜色，西望千山万地赤，
> 不知明月为谁好，来岁如今归未归。

明朝崇祯十七年，皇帝开始天天掉眼泪。春节元旦，崇祯与朝臣喝茶，内阁大臣谈到库藏空虚，外饷又不来，

只好靠皇帝内府的钱支应。崇祯沉默许久才说，内府也没钱，说完眼泪就掉下来。后来李自成入宫搜刮，发现只有十来万，不禁叹气，这种皇帝还能做吗？延至元月九日，辅臣李建泰才提出督师剿匪，崇祯高兴得不得了，又告庙又赐剑，目送李建泰出城二里。结果李一出城，士兵逃的逃，跑的跑，就没得打了。二月诸臣见事不妙，请崇祯移都南京。崇祯下不了决定，作罢。三月，官员开始有人逃跑，内府的钱只剩八万，崇祯要众朝臣捐款，搞了半天，只捐了二十万两。李自成进京之后，却榨出一千万两，所谓"那时不出，这时全没了"。

从三月三日起，崇祯才开始召集朝臣开会，大家束手无策，崇祯每次开会之后，一定是痛哭着走入内宫。十六日，李自成的兵已经在城门攻打，官兵无粮做饭，无法打仗。十七日，李自成派投降的太监杜勋入内讲和，希望分西北一带自立为帝，裂土而治。崇祯没答应。十八日中午，日色无光，大风骤雨冰雪，迅雷交作，人心愁惨。下午三时，监军太监曹化淳开门投降。黄昏时刻，崇祯开始办后事，他遣人将太子送出城（其实没出得去，被国戚出卖献给李自成），要皇后自尽，杀女儿、妾侍，他自己则跑到太监王承恩的住处换太监的衣服，跟着数百个太监走，先到齐化、崇文门，走不出去，又转到正阳门，正要夺门而出之际，守城军士怀疑是奸细，用弓箭火炮射他。崇祯无法，只好又转回宫内，把太监衣服脱了，只穿着白绫暗龙短袄，与太监们跑到万寿山的巾帽局（做官服龙袍的管理处），上吊自杀。

那时候刚好是十九日凌晨一点。这个时刻成了神圣时间。死节的朝臣都以追随崇祯死后的世界为赍志，伴随龙驭上宾。闯贼李自成对投降的朝臣不齿，骂他们为何不死节，有人就开始骂崇祯无能，没有闯王的英武，不值得依靠。崇祯死亡也成了朝臣的救赎。

我将前往，
狠斗一闪念

并不是所有赴死的人都如此慷慨激昂，拖拖拉拉的不在少数。到底朝臣们争的是什么？也许有千百个理由，但衡诸实情，计六奇讲得最中肯："每一王兴，有附而致荣者，即有拒而死烈者，生易而死实难"（引自何冠彪，一九九三）。但是议论者往往是"事后论人，局外论人"，而"事后易为智，事前易为功，所难者独在临事时。"

文天祥行刑之前说：

孔曰成仁，孟曰取义，唯其义尽，所以仁至。
读圣贤书，所学何事？而今而后，庶几无愧。

事隔三百余年，崇祯十七年，李自成攻陷京师，朝官甲戌状元刘理顺也下绝命书：

成仁取义，孔孟所传，文山践之，吾何不然？

理顺妻孥大小十八人阖门缢死。贼兵涌至他家门，不禁大哭说："刘状元居乡最有德，里人莫不被其恩，此来正欲拥护以报，何遽死也？"胪拜跪哭而去（引自钱稚农《甲申传信录》）。

明亡之际，翰林院的汪伟最勇。他早知明朝局势不可为而为之，就在他的官邸墙壁写下《三破诗》：

看事不破，为事所弄；看人不破，为人所弄；
看身不破，为身所弄。

城破的时候，他与太太耿氏摆桌饮酒，用大笔在墙上大书：

志不可辱，身不可降，夫妻同死，忠节双芳。

于是夫妻同时上吊，汪伟悬巾在右，耿氏在左。当时，左尊右卑，耿氏一看不对，对汪伟说："虽然颠沛，礼序还是不可以乱"。夫妻只好重新来过，汪伟在左，耿氏在右，这才上吊。

我将赴义，但前往何处？表面上说是"就义"，赴君臣之义，实则是"决断"，绝断王朝的生活，离开亲爱的宿习，走上不回归的路。前往的心情是忽然成空的"一丝不挂"，也就是"萧然"前往。但是这种"萧然"显然必须在一瞬之间发作，也就是在"破局"的时候，要有全然皆破，在一闪念之间，已经全然"一丝不挂"，作化山河。瞿式耜在狱中待死的时候感叹："一从初不死，恶绪渐来多"，意思说，当初为何不狠心一闪念，现在等死的时光，反而有"艰难胜度万重山"的难。

只影流浪，悲回风

谢翱是以布衣当文天祥的军事参谋。在文天祥死后，一个人只影在浙东流浪，乘舟登山，一想到文天祥，忍不住就哭。有次到子陵西台，为文天祥设牌位祭奠，以楚歌招魂，哭着写下《登西台恸哭记》："我怕死后再见天祥兄的时候，不知如何说什么，所以总记着当年生死相别的话，心里一动念，即在梦里寻找。只要看到草木景色，依稀是当年与天祥兄在一起的情景，就徘徊顾盼，悲不敢泣。"谢翱在吴楚之间流浪，有如被放逐的屈原。死时与文天祥同样是四十七岁。

谢枋得在抗元军失败之后，隐名埋姓，流浪在福建，为人算命不收钱，若有人帮他一点生活费，他就写诗送人。因为人们发现这个人有才气，就请他当老师。结果元朝知道他的贤名，请他当官，他只好绝食而死：

　　　　我今半月忍饥渴，求死不死更无术，精神常

与天往来，不知饮食为何物。

　　流浪意味着"不再有家"，不愿依止。流浪的人常说"清风明月"，而不是颠沛流离；"清风明月"是因为流云的心，不再"在世营生"，而是用行脚的方式过日子。颠沛流离的人还渴望能安定下来，流浪的人却已经不再寄望安定，天下虽大，容身安定显然是"苟且偷生"，只有浪迹天涯，才见自己。为什么不死？这显然是自己与君王没有交情，也未曾有王朝生活的宿习，但是改朝换代的世界，已经是自己不愿活的地方，只好流浪。

　　浪迹给出的诗意，总是像屈原的《悲回风》：

　　我一次次欷歔嗟叹，独自留在深山焦急烦忧，眼泪错落地涟涟流下来，思来想去彻夜难眠，直到天亮。在漫漫长夜中，我始终控制不住内心的悲伤。登林石山远处眺望，道路辽远而静默，我停留在这无人影无声响的地方，听不见故国的消息；大地寂静辽远无边无际，莽莽的草木凋残改容，秋色萧条牵动我内心的忧伤，草木的朴质无力抵挡肃杀的秋风。归路漫漫难测，思绪绵绵难断，深忧使我长悲，摸索在黑暗中不见光明也没欢笑。平时，我吸吮着清凉的浓雾，用雪水漱口，靠在风穴旁呼吸着寒冷的空气，望着群山的迷雾，最怕的是听到水流激昂的声音（翻译引自《行吟泽畔屈灵均》）。

听风听雨，天地悠悠，独怅然而泪下。

事后的缓慢，
冬青树的岁月

亡朝时光逐渐远去，人依旧在世间。整个亡朝的时间缓慢起来，就如蒋捷《虞美人·听雨》的回忆：

少年听雨歌楼上，红烛昏罗帐。壮年听雨客
舟中，江阔云低、断雁叫西风。
而今听雨僧庐下，鬓已星星也。悲欢离合总
无情。一任阶前、点滴到天明。

就时间的生命感来说，少年听雨是过往的回忆，中年客舟是命运，而眼前是"一任阶前、点滴到天明"，这个"点滴"是滴水穿石的刹那，却是很久很久的"心头"，从夜晚的来临到天明的很久很久，"心头的一夜"。亡朝进士蒋捷自从宋王朝灭亡之后，躲在一个偏僻的地方，竹节在心中，坐在下雨的台阶上，想当年宋王朝还在的时光：
记家人、软语灯边，笑涡红透。
记得中年那时候，他带兵与蒙古人打仗：

万迭城头哀怨角，吹落霜花满袖，影厮半、
东奔西走。

如今想来，叹浮云，本是无心，也成苍狗。

傅青主在明亡之后，每到年节守岁之夜，时间也变得
很缓慢：

三十八岁尽可死，栖栖不死复何言？蒲坐小
团消坐夜，烛深寒目下残篇，怕眠谁与闻鸡舞，
恋着崇祯十七年。

破局之后的残梦以缓慢速度消磨，不再有快马奔途，
快刀头落地，更没有快意人生。当年君臣论对，上书谠论，
仿佛昨日邻室的稚子喧闹的声音，似远又近：

悠然世味浑如水，千里旧怀谁省？空对景，
奈回首，姑苏台畔愁波暝，烟寒夜静。（唐珏《摸
鱼儿》）

事后的缓慢犹若"江湖岁晚听风雪，但沙痕、空记行迹，
至今茶鼎，时时犹认"。在宋亡之后，教人断魂的却是一
棵冬青树。元朝蒙僧杨琏真挖掘宋王朝的陵宫，宋皇朝的
王公帝妃尸骨暴晒野外，唐珏率人半夜收拾遗骨，葬于兰
亭山后，不敢立碑，只好种冬青树为记。有诗为证：

冬青花、不可折。南风吹凉积香雪，遥遥翠
盖万年枝。上有凤巢下龙穴，君不见犬之年、羊
之月，霹雳一声天地裂。（唐珏《冬青行》）

冬青树在兰亭山后，兀自独立，它的根部伸展九泉，
覆盖着亡朝的尸骨，长出来的绿叶成荫，亡朝的臣子呀，"愿
君此心无所移，此树终有开花时。"当花开的时候，新朝
的岁月正在前行，人们又忙着斗争打仗，冬青树的花开了
又谢，谢了又开，依然只是冬青树。

归去来兮隐者路

隐士躲在山林里，向全世界宣布："你们别吵我！"
隐士游走市嚣间，终日挥形而神气无变，
俯仰万机而淡然自若。
最后，隐士不再争逐名利，也不再遁逃，
听草涧水声，含笑睡去。

有一天坐在书房里，突然对"隐士"感到兴趣——真正引起我的兴趣的是，"隐士"之所以能够称作"隐士"，乃在于他们是"潜龙勿用"，意思是他原本应该是名人、权贵，而且早已经表现过他的能耐，早就经众人品题肯定，或早就名列公卿。

他的身份地位使得人们期待他活跃于社会，"继续将才能贡献于世"，可他不知怎的，心性变了，价值改观了，突然不愿意把自己放在名利场里，执意要归隐山林，"不理俗世的咱们了"，于是他就叫作"隐士"。

在还没有了解这点以前，我常误以为躲在深山里修行的人都叫作"隐士"，如果是这样，全世界不知有多少山野之人都叫"隐士"。偏偏不然，隐者必须是"士"。这个"士"的意思可能是王公贵卿（像孔子在《论语》提到的伯夷、叔齐诸人），可能是大贤（如颜回、竹林七贤之流），或是大和尚，或是大名士，凡是不曾有过"大"字的，皆说不得是"隐士"。

潜龙在野，深藏不露

因此，"隐"的现身之前，其实是已经锋芒太露。这样说起来，"隐士"显然是名利场的产物，是名利场里的传奇；人虽说是"不见了"，却依旧在名利场打滚。于是，整个"隐士"的秘言就在他是"潜龙"——这正是诸葛孔明的称号。

虽然，"隐士"是由"名"的光环所衬托出来的"月蚀"，但是，我依旧对"隐士"的生命史感到好奇。如果就"隐士"本身的性质来说，他的"遁世"与"独行"含有悲壮的性格。以伯夷、叔齐、介之推的避世而言，他们最后的处境是"求死"，其性格的极烈，含有极"忠于自己"的理想性，与道家的入山成仙有极端的差别；道家遁世是为了"求生"，希望在有生之年能"羽化成仙"，而悲剧的"隐士"却是彻头彻尾的烈士，与日本武士切腹的精神，十分神似。

激越的"隐者"无法变成文化的传承，这是可以理解的，可是里头又恍若有些深刻的意义，中国人却没有把它找出来。伯夷、叔齐不肯登位是可以理解的，可是有什么隐情非得至死不可？介之推不肯出仕是可以理解的，可是为什么非要与老母躲在山里活活被烧死？偏偏杀人凶手的晋文公为什么没有被谴责，反而以颁布"寒食节"而流传于世？

这些让"隐士"死亡的深山像是个被封闭的神秘世界，没有话语的亮光从里头泄漏出来，像是黑夜里的山形，隐在黑幕里。相反地，日本武士道却像日本文化里流泻的月光，有关武士道的哲语如星光闪烁。

急流勇退，逃命哲学

要揭露"隐士"的本质，必须从名利、权势追逐角力的过程下手。表面上好像很讽刺，但却是十足的正当性。当政治污浊时，权力的争斗往往使人畏怯，使得原本雄心壮志的人产生"不合作"主义，以自己的生命转向为依归，也是一番作为。

当年王莽篡位，建立"新朝"，这是让中国人第一次感到一个"不太道德"的政权，于是贤人纷纷退避，假装生病不起，有人甚至真的饿死在床（汉献帝遗臣龚胜即是如此）。

当然，此处不无令人疑惑的地方，例如，我们如何看出王莽的篡汉是不道德的？照道理说，除了有理念严重失和之外，一个朝代应该是"等待着未来"的希望去建造朝代，所以，不愿意出仕并不是因为有了"隐逸"的生命哲学，反而是前一个朝代所灌输的"意识形态"在作祟。

另一个"隐士"的政治背景也许是恐惧新朝代的君王迫害,如果照中国的新朝代纲领,每当新朝代建立,却要有杀前朝之士的规矩,甚至有"忠狗烹"的情事发生。当年,范蠡为越王勾践打败吴王夫差之后,赶快带着美女西施逃跑,到地方去做生意,表面上是退隐之义,事实上恐怕是逃避杀功臣的惨剧。

遗世独立,其心狂野

如此说来,"隐士"的发生也就够龌龊了。例如,当王莽的新朝崩溃,汉朝中兴之后,整个东汉的政治气候更是乌烟瘴气,政治上的倾轧无日无之,这时候又出现一批所谓"终南快捷方式"的"隐士"。这些曾经在年少时崭露头角的读书人,以退为进,故意跑到终南山隐居起来;表面上是"遗世独立",事实上是"我心狂野"。眼巴巴望着山径来处,冀望有一天皇帝会遣使出现在他们的茅屋门口,带着大批的礼物,恭请他们出山,并畀以重任。

这些"假隐士"不入流的行径固然有辱"隐逸"的情操,可是那些避免朝廷迫害的"真隐士"也只是为了保住一条性命。说起来,所谓"隐士哲学",看来也只是"逃命哲学"的翻版,卑之亦无甚高论可言。

《南齐书·周颙传》对周颙这类"隐士"有一段精彩的描述:"周颙绝对是鹤立鸡群的非凡人物。他饱读诗书,娴通文史,下笔万言……当他归隐北山之时,他誓言要超越召父与许由（古代隐者），睥睨百家诸子。他的心比天高，他的刻苦自厉犹若秋风。有时候，他感叹真正的隐士不再，他喟叹山中已无屈原。他论佛之精辟，探道家之幽玄，连务光也不多让，庄子也难与他相捋。可是，当皇帝的诏书来到北山的山谷，任命的声音来到他山中的小室，周颙开始坐立不安，他在房里走来走去，充满激情。他接下了乌纱帽，把他的布衣撕得粉碎，露出他凡人的真相。在他离开北山的时候，天上的云悲愤地曲卷起来，山涧的溪水呜咽，山林荒漠，草木有憾……在周颙的衙门传来打人的嚎声，无休止的审判掩盖了周颙的英气，他不再琴棋诗画，满脸肃杀。这时，北山的云孤寂地挂在天空，明月孤伶伶地升起，翠松的凉荫失去了主人的吟唱，隐士的兰室空寂，香炉已远；夜里的禽鸟低鸣，隐士没有了踪影……"（本段系由作者渲染成文）

身在暗处，任纵自然

但说中国人没有"隐逸"哲学，也是不对的。"成为隐士"（becoming a hermit）是中国人在追求精神世界的一种微妙的玄思，与中国传统的"慎独"有着异同的情趣。

儒家思想强调人的公开性——人是向着世间的众人共处的地方做事。"独乐乐，不如众乐乐"，做人做事就得在人看得见的地方。人在"独处"之时，正是众人之眼看不见的地方，那么人就要小心了，莫让独处的邪恶念头跑出来。传统圣教要人"慎独"，就是要畏惧人"看不见的地方"。相反地，"成为隐士"是把自己放在"看不见的地方"，让社会之眼不再干扰心思，而有"任纵于自然"的生命态度。

隐士的"任纵于自然"是什么意思？很有意思的地方是，隐士要把他的自然本性公开出来，让大家看到他的真诚之处，所以"任纵"的意思是"不再隐瞒"。这就奇怪了，隐士的"隐"，这下子成了最公开的东西。其中的转折又是什么？来自隐士历史的经验。前面谈到的"假隐士"是躲在人看不见的地方不知在做什么事，却偷偷的存着最"热衷"的名利之念，显然十分龌龊。后来的"隐士"就不敢再"隐藏"了，干脆在众人看得见的地方把自己暴露得更彻底。于是，隐士不再是隐士，反而叫作"名士"。

"越名教而任自然"的"哲学思想"支持了名士们放荡形骸的基础，听说名士们还开"天体营"，惹得世人侧目。名士们都是男生，当然不必拿"天体营"来"重新开发情欲"。他们所采取的"解放"方式，基本上以"不循礼法""不做事情"为主，并没有在情欲方面做下三流的动作。尽管如此，卫道人士总叹息地说："虽说讨厌名教，可是名教之内还是有乐土，何必做到这种地步呢？"

惊世骇俗，活在当代

名士们对世俗的痛恨，其实是对虚矫荒诞的表面功夫不喜欢，可是他们的行径依旧引来人们的不喜欢。社会可能就是这个样子，人们分成两堆，或者更多堆，然后彼此看不顺眼。这怎么办？名士们硬是要任性地做下去，以大名士阮籍为例："司马昭请客，座中有阮籍。他那时候正居母丧，还是照常饮酒吃肉。有个大臣站起来骂他，说他的妈妈死了，理当在家吃斋礼佛，守着丧仪，怎么敢在大庭广众大吃大喝。主人与其他的宾客停下筷子看着阮籍，阮籍依旧把嘴里的肉吞下去，神色自若地喝一口酒，没有丝毫被指责的模样。"

阮籍的这顿饭如何吃完，想来众人各有一番心思。众人的心思是"当代"的风潮，我们指认不出来谁是"当代"，但是只要有人"怪怪的"，某种"当代性"就冒出来。阮籍的怪，乃在他把"当代"整个掀出来。"当代"是一个很大的纱幕，人活在里头自己看不出来，就好像水里的鱼从不知道有"水"这个东西，只有活在空气里的人才看见水。

人一生只能死、只能活一次的"当代"。隐士虽说是名利场的产物，但是他们也明白在历史经验里向中国人显示"另一种生活"，而且是能够"看得出来"的生活——这对活在"当代"的人是很不容易的"离位"现象：我们往往沉迷在"当代"的生活，即使现在的人们也不知道自己在过什么样的生活，有着说不出来的"沉溺"。

而隐士是离开了"当代"的沉溺生活，在任何时刻却因为注视着人们的沉溺而看到自己"离开当代的位置"（离位）；就好像当国歌响起时，四周的人都起立，只有你一个人坐着，每个站立的人都沉溺在"当代"的时潮里，而你对着每个站立的人感到一股"离开当代"的分离感。可是，你又是属于当代的人，所以明显地"惊世骇俗"起来。

把自己放在他人的对立面不是一对一的关系，而是个人与一股庞然的文化对立起来，这又是何等的光景？刺目。你成了众人眼中的刺戮之物。中国人很早就知道，人不能既生活在文化之中，又与文化对立，于是一场名士对名士的战争就打起来了。

从欲为欢，真情流露

哲学家冯友兰在《中国哲学史新编》说了一件颇有趣的事：

> 据说大名士钟会去拜见另一个大名士嵇康，恰好嵇康正在他院子里的柳树下同名士向秀一块打铁。原来嵇康有打铁的嗜好，往往以打铁作为消遣，钟会到了，他毫不理睬，钟会只得走了。就在钟会走掉的一刻，嵇康说话了："钟先生为何来呀？又为何要走了？"钟会很不高兴地说："来就来，去就去！"钟会不高兴是嵇康的态度不礼貌，觉得被瞧不起了，可是嵇康就是这样任性，为了打铁的兴致不被打断，不理钟会这个大公子。这就是所谓"以从欲为欢"。

隐士的"从欲"是暴露社会要遮掩的东西。当"礼"是社会的秩序，那么它又必然遮掩了某种东西，那种东西统称为"欲"。在"礼"的世界里，"欲"是混乱的事物，而隐士恰好要把隐藏的东西放到公开的地方。从这个角度来看，隐士依旧有隐士的意涵：站在隐藏的事物之观点加以揭露，以便让真情流露出来。

　　于是，隐士又再度转折到"真情流露"之士。在炎炎世界里流露真情，不啻是赤着身子在火里烤，简直是不要命了。这样的隐士若要能活得下去，最好还是回归山林。素朴的心情无法在繁华的世界存活，于是，隐士由当初的"遁世"转换到"逸世"。"遁"是逃跑、避开尘世，"逸"是出世的孤独自在，两者大不相同。

隐逸世俗，独坐幽篁

　　换句话说，隐士要活命非得继续发展出一套新东西不可。当然，隐士的思维都得在社会的脉络底下进行，但是隐士自身却是一条孤独的路，蜿蜿蜒蜒的路途里，总是免不了接触到宗教性的东西。魏晋玄学原是隐士的依归之处，但是在尘世大谈玄学未免予人清谈误国之嫌。尘世原本就是功利场的世界，玄学再如何引人入胜，终究无用。但是，有个纯粹精神的世界，恰好可以把隐士接纳进来，这就是宗教性的世界。

　　宗教性的世界与宗教本身是两码子事。隐士的宗教性是内心的世界，不是救赎的世界。隐士只是"退隐"，而不是要参破生死大事；他只要"逍遥"，不要"解脱"。他依旧要在人世间的此岸而非彼岸，他只是站在沙场老将的对立面，而不是解构人世的价值。他依旧要在人间豪华，只是他的豪华不是功名显赫，而是诗意快意；他不愿在人间情事里折磨，而要有着个人的空间。

于是，隐士坐在窗台之前，他隐隐约约听到涧水的声音。他听着涧水声睡去，心想，也许一辈子就这样吧！他写字沉吟，寒暑秋冬，过的依旧是另一种生命的豪华。隐士的生命已经不再与世俗的社会做无谓的争斗，他找到隐逸的天地。

名利已远，回归大地

人世间熙熙攘攘，原本就不适合每个人居住，也不适合每个阶段的生命居留。隐士的思维常常有意无意在人们的暗想里出现，也在人的生命结束之前的黄金时光出现。铁血宰相俾斯麦原本以为自己一生将战死疆场，马革裹尸，哪知道老君王一死，立刻见逐。归隐之后，在与事功说再见的日子里，那份隐士的心情，正是隐士最后的归宿：

> 他渴望死在森林里。他选了两株巨硕高大的杉树，告诉客人那是他最后的栖息之所。虽然他知道在另一个地方已经替他预备了一座王者的陵

寝，甚至连墓碑都刻好了。如果容他选择的话，他是不要这些的，他的灵魂和躯壳都属于森林中的那些大树。他只要阳光、树叶、云霭与新鲜的和风。（曹永洋，《历史人物的回声》，志文出版，164 页）

名利已远，人要栖息大地。在最后的时光，隐士终于不再忧心。隐士的心情是生命里最后的幸福。

图书在版编目（CIP）数据

生死无尽 / 余德慧著. —重庆：重庆大学出版社，
2016.6

（余德慧选集）

ISBN 978-7-5624-9913-8

Ⅰ.①生⋯ Ⅱ.①余⋯ Ⅲ.①散文集–中国–
当代 Ⅳ.①I267

中国版本图书馆CIP数据核字（2016）第135238号

生死无尽

shengsi wujin

余德慧 著

鹿鸣心理策划人 王 斌

责任编辑 温亚男

责任校对 贾 梅

版式设计 韩 捷

重庆大学出版社出版发行

出版人 易树平

社址 （401331）重庆市沙坪坝区大学城西路 21 号

网址 http://www.cqup.com.cn

印刷 重庆共创印务有限公司

开本：890mm×1240mm 1/32 印张：6 字数：115千

2016年6月第1版 2016年6月第1次印刷

ISBN 978-7-5624-9913-8 定价：45.00元